FRAGMENT D'AMOUR

Editeur : BoD Book on Demand,
12/14 rond-point des Champs-Elysée - 75000 Paris

F-France
Impression : BoD - Books on Demand,
Norderstedt, Allemagne

© Couverture : Stéphanie G.
Mise en page : Marlène Jedynak

ISBN : 9782322162024

« Les personnages de ce roman sont fictifs. Toutes ressemblances avec des individus existants ou ayant existé, seraient tout à fait fortuit… oh sinon, elles n'auraient vraiment pas de bol ! »

Dépot Légal : Février 2019

Marlène Jedynak

Fragment d'amour

Le parfum suave de la confiture (nouvelle)

Dans tes yeux

Les effets du chlore sur le cerveau, T1

Chez MxM Bookmark

Le devoir d'un Berserker, La riposte des dragons, T1

Dédicace

Ce roman est spécialement dédicacé à une amie qui me suit depuis le tout début de mon aventure… malgré la distance qui nous sépare (un océan) ; les turpitudes de la vie, jamais elle n'a cessé de manifester son soutien.

Si ce roman existe aujourd'hui, et si j'écris du Yuri aujourd'hui, c'est juste parce que tu es dans ma vie. J'espère que cette histoire sans prétention te plaira…

À mon amie québécoise Kasandra

Avec toute mon amitié, Marlène

Chapitre 1 : Sortie arrosée

· ·

18 Décembre 2002, New York.

Jetant un coup d'œil rapide à sa montre, Lisa s'aperçut qu'elle n'était pas en avance sur son horaire. Faisant le tour de son appartement, elle ramassa les vêtements de ses enfants qui traînaient un peu partout et les interpella au passage.

— Grace, Lenny ! Dépêchez-vous ! Votre père ne vous attendra pas cent sept ans… il est pressé.

— Maman ! Tu sais où j'ai rangé mon pull angora blanc ? demanda sa fille pour toute réponse.

— Ouvre tes yeux. Regarde dans ton placard ! Lenny, tu es mort ? continua Lisa.

— Nan !

— Il est en train de jouer à la console ! cria Grace heureuse de coincer son frère.

— La ferme, espèce de sale rapporteuse ! hurla en réponse Lenny de mauvaise humeur.

— Lenny surveille ton langage et Grace dépêche-toi… enfin, dépêchez-vous ! poussa Lisa en jetant le linge sale dans le panier prévu à cet effet. Je dois partir travailler moi aussi.

Retournant dans la salle, Lisa s'installa sur une chaise et chaussa des chaussures à petits talons. Mesurant un mètre soixante-treize, elle estimait être déjà assez grande sans en plus s'ajouter de la hauteur. Se redressant, elle se dirigea ensuite vers le petit vestibule en s'observant vaguement dans le miroir, et se recoiffa vite fait avec les doigts. Trente-six ans et pas un cheveu blanc, un visage qui en paraissait vingt-huit, tout au plus et au vu des enfants qu'elle avait, c'était un exploit.

D'ailleurs, sa fille de seize ans vint se poster à ses côtés, son gros sac de voyage à ses pieds. Elle se glissa entre sa mère et le miroir pour replacer sa mèche sous son béret rose. Une moue boudeuse se forma sur ses traits. Lenny jeta également son sac aux pieds de sa mère et commenta en colère.

— Franchement… je t'interdis de nous envoyer en vacances chez papa au moment des fêtes ! On a trop de choses à prendre.

— Comme quoi ? C'n'est pas pour tes deux pulls et ton jeans que tu vas pleurer, crétin ! répondit Grace en lui tirant la langue au passage.

Lenny repoussa ses cheveux mi-longs bouclés, et fit un *gnagnagna* silencieux. L'adolescente haussa les épaules dédaigneusement et sortit sous le regard froid de son frère.

— Maman, calme ta fille.

— C'est ta sœur et je t'avoue sincèrement que vos petites bagarres m'importent peu. Allez dépêche-toi ! Et sache aussi une chose, ton père et tes grands-parents veulent vous avoir pour les fêtes… alors que tu le veuilles ou pas, tu seras de corvée de bagages.

— Je déteste la famille ! grogna-t-il pour la forme.

— Mais oui, mais oui… déclara sa mère indifférente, tu es toujours bien content d'avoir un membre de la famille pour lui soutirer de l'argent quand tu en as besoin. Tu me sortiras ce genre de réflexion lorsque tu seras indépendant financièrement, mon petit père.

Envoyant un regard venimeux à sa mère, Lenny prit son sac et sortit en claquant la porte. Lisa se mordit l'intérieur des joues pour ne pas hurler après son vandale de fils. Un jour où l'autre, ses murs tomberaient en morceaux… Attrapant son sac à main, Lisa ne perdit pas plus de temps, abandonnant les lieux en prenant bien soin de fermer la porte derrière elle calmement.

Lisa dévala les escaliers, ses enfants ayant pris le petit ascenseur qui serait certainement plein à craquer avec leurs bagages. En bas, Lisa croisa le regard de Lucas, visiblement exaspéré par le temps qu'elle prenait à descendre.

— Je t'avais dit à sept heures trente… il est sept heures quarante !

— Oh mon Dieu ! s'exclama Lisa blasée. Je sens que ta journée est gâchée…

— Exactement !

L'ancien couple se foudroyait du regard, tandis que Lenny revenait chercher son père.

— Papa grouille-toi ! Tu vas encore dire que c'est de notre faute si tu es en retard !

— Lenny ! Je t'interdis de me rappeler à l'ordre ! répliqua son père agacé par la remarque.

Se tournant vers son ex-femme, il déclara ironique.

— On voit tout de suite le fruit de ton éducation laxiste ! Je me charge de le reprendre en main...

— Bien sûr... tu fais toujours mieux que les autres, toi !

— Il faut croire, puisque c'est vers moi que tu te retournes lorsque tu es dans la mouise.

— Papa ! appela Lenny.

Le regard du jeune homme fixait le dos de son père avec animosité. Lisa savait que son garçon n'aimait pas leurs sempiternelles disputes. Elle se dirigea vers lui, ignorant son ex pour embrasser Lenny.

— Sois sage, mon grand...

— Maman ! protesta Lenny en s'essuyant la joue avec sa manche.

— Que veux-tu... tu as beau avoir quatorze ans, je te considère comme mon petit garçon.

— Ouais... enfin bon, fait attention à toi maman, se soucia le jeune homme inquiet de laisser sa mère toute seule une nouvelle fois.

— Merci de t'inquiéter, sourit Lisa.

Le duo sortit et Lisa eut juste le temps de voir sa fille lui tomber dans les bras.

— Je t'appellerais en arrivant maman. Et essaye de sortir pour Noël, ne reste pas seule.

— Je ferai mon possible.

— Il faudrait que quelqu'un veuille d'elle.

— Toi, t'as seulement eu de la chance papa, répliqua sa fille sans se démonter. Il faut dire qu'Emy n'a que deux neurones et elle n'est pas exigeante, ça aide !

— Qu'est-ce que tu viens de dire ? s'énerva son père.

Lenny éclata de rire en écoutant la description de sa belle-mère qu'il n'aimait pas beaucoup non plus. Les adolescents enlacèrent une dernière fois leur mère, avant de monter dans la grosse berline de leur père. Lisa envoya des bisous à ses enfants jusqu'à ce que la voiture disparaisse à l'horizon. Après un dernier soupir, elle se dirigea vers la bouche de métro toute proche. Une nouvelle journée de travail démarrait et elle n'était pas franchement en avance.

Le sourire vissé sur ses lèvres, Lisa se demandait parfois si son visage ne se transformait pas en masque d'ailleurs. C'était aussi une des raisons pour lesquelles elle souriait peu lorsqu'elle sortait de son boulot à dix-neuf heures. Après une dernière courbette, elle se dirigea vers la porte, son trousseau de clefs à la main et se pencha pour fermer le magasin. Matthew Kanyon, le Chef pâtissier et accessoirement son patron, l'apostropha alors qu'elle retournait derrière la caisse.

— Bonne journée aujourd'hui ?

— Oui Chef…

— Les nouveautés ?

— Vendues comme des petits pains. D'ailleurs, ce sont les classiques qui nous sont restés sur les bras. Il nous reste quelques Saint-honoré, Opéras, éclairs et un Paris-Brest… Sinon, nous il ne nous reste que quelques mousses en part individuel. Les gâteaux aux fruits se sont très bien vendus.

— Peut-être une envie de croquer l'été ?

— Il fait très froid Chef, approuva Lisa, il est vrai qu'un fruit donne toujours une impression que les beaux jours approchent.

— Ils ont prévu de la neige demain, déclara songeur Kanyon, le regard tourné vers l'extérieur. Vous ferez attention lorsque vous rentrez chez vous... Demain, Monsieur Parker revient à son poste, vous aurez moins de travail.

— Ce n'est rien Chef. Vous faut-il autre chose ?

— Non, terminez la caisse et apportez-moi les chiffres de la recette.

Lisa laissa son patron partir et sortit le tiroir-caisse pour compter l'argent dans l'arrière-boutique. Eva qui avait terminé la sienne descendit les rideaux métalliques, fermant les lumières de la boutique. Lisa achevait les comptes lorsque son amie entra dans la petite pièce où elle se trouvait et s'appuya contre le chambranle.

— T'as l'air vraiment crevé dit donc, remarqua l'Américaine.

— Je n'ai pas beaucoup dormi. Les enfants sont partis ce matin avec leur père.

— Ah... commenta Eva en se grattant le haut du front, l'air dubitatif. Il devait être de charmante humeur encore. Qu'est-ce qu'il t'a reproché cette fois-ci ?

Lisa mit des élastiques aux liasses et se leva pour se rendre au bureau de son patron. Son front devait avoir d'horribles plis dus aux soucis que lui apportait son ancien mari.

— S'il te plaît... change de sujet. Je ne veux pas en parler.

— OK, je vais prendre un verre au Seven, tu te joins à moi ?

— Je n'ai pas le temps…

— Tu es toute seule ! remarqua Eva tout en laissant passer son amie. Tu pourrais sortir une fois de temps en temps, cela ne te ferait pas de mal. Tu te rends compte que tu es toujours sur la brèche ? Jamais tu ne penses à toi ?

— Pas de discours moralisateur, s'il te plaît.

— Comme tu veux ! Lorsque tu auras la cinquantaine et que tu te réveilleras, tu te rendras compte que tes enfants auront fait leur vie et ton salaud de mari aussi… J'suis sûre que ce con aura une nouvelle famille et fêtera de nombreux Thanksgiving avec ses rejetons. Toi seule resteras isolée, tout encroûtée.

— Franchement, tu exagères un peu, sourit Lisa en s'imaginant tel un friand moisi bon à jeter.

Mais en même temps, cela la toucha. Elle songea à son ex. Depuis qu'ils avaient divorcé, Lucas avait perdu du poids et s'habillait à nouveau tel un jeune homme… Franchement le matin même, elle l'avait trouvé séduisant, si ce n'était son exécrable caractère qui lui était exclusivement réservé. Voulait-elle vraiment devenir une espèce de zombie solitaire ? Lui devait être avec ses parents autour d'une bonne table avec ses enfants.

Qu'attendait-elle pour vivre à son tour ? C'est vrai… qu'est-ce qui l'attendait chez elle ? Un appartement vide où le ménage restait à faire. Et demain, son appartement serait propre certes, mais elle dans tout ça ? Lisa se tourna vers Eva qui s'apprêtait à partir. Elle serait restée le reste de la soirée à mater un vieux film romantique avec un paquet de chips sur les genoux et une limonade.

— Tu veux bien m'attendre. Je n'en ai pas pour très

longtemps, se ravisa la jeune femme, décidé brutalement à vouloir donner un nouveau visage à sa vie.

Eva lui adressa un sourire lumineux pour toute réponse. Lisa frappa quelques coups discrets à la porte et pénétra dans la pièce où son patron l'invita à entrer.

Le ciel gris sale et menaçant qui se devinait sous les projecteurs qui éclairaient la ville ne laissait pas présager une nuit calme. Les voitures tous phares allumés projetaient une lumière jaune sur l'asphalte mouillé. De nombreux badauds tenaient entre leurs bras des cadeaux qu'ils offriraient pour le réveillon.

Eva attira Lisa par le bras pour lui désigner des vitrines aguicheuses par leur décoration étincelante et bariolée. Les deux femmes rires comme des gamines en voyant les prix prohibitifs de certains produits, ou en essayant des vêtements de fêtes très sexy qu'elles n'achèteraient pas de toute façon, mais ça passait le temps.

C'est aux alentours de vingt heures qu'elles entrèrent dans un pub, sans savoir comment elles y étaient parvenues, très loin du Seven où elles avaient prévu de passer la soirée. Lisa remarqua une petite table vide et entraîna son amie en la prenant par la main. Eva se laissa guider. La Française était tactile, sans pour autant ne montrer aucun intérêt d'aucune sorte, depuis le temps Eva s'y était faite.

Assises devant leur table, elles se frottèrent les mains et attendirent qu'un serveur vienne prendre leur commande. En attendant, elles retirèrent leurs manteaux. Lisa jeta un regard rapide autour d'elle... c'était la première fois qu'elle venait là. En fait, si elle réfléchissait bien, c'était la première fois en dix ans qu'elle habitait cette ville qu'elle sortait comme ce soir-là.

Alors qu'elle jetait un regard circulaire sur la salle, ses yeux accrochèrent ceux d'une jeune femme d'une beauté à couper le souffle. Ses grands yeux brun mordoré bordés de longs cils, certainement des faux au vu de leurs longueurs, songea Lisa, lui conféraient un regard de biche.

Lisa eut un choc et son cœur se mit à battre un peu plus rapidement. Elle détourna son regard gêné, pour prêter attention à son amie et oublier ce contact visuel accidentel au plus vite.

Le serveur revint avec des pintes de bière. Eva en profita pour commander une tourte à la viande, accompagnée par Lisa qui mourrait de faim.

— Tu vois, tu as bien fait de venir. Tu allais faire quoi chez toi ?

— Disons que comme les enfants étaient partis, je pensais ranger et manger un truc chinois devant la télé ou des chips et pleurer sur mon triste sort...

— Tu te serais maté une comédie romantique ?

— Oui... pour ajouter à ma solitude, ricana Lisa.

— Maso...

Elles éclatèrent de rire bêtement. Levant leurs verres, elles les entrechoquèrent avant de les boire, les yeux grands ouverts et prenant soin de bien être au-dessus de la table pour ne pas se tacher au cas où elles renverseraient le contenu mousseux.

Lisa sentit souffler en elle un sentiment confortable de liberté retrouvé. Depuis une heure, elle riait sans raison et à présent, elle s'apercevait que cette hilarité libératrice la faisait se sentir revivre.

— De temps en temps, il y a des groupes qui jouent

ici.

— Vraiment ?

— Oui. Apparemment pas ce soir…

Jetant à nouveau un regard autour d'elle, Lisa essaya de deviner à quel endroit le groupe pouvait s'installer.

— Non, non… il n'y a pas d'estrade. Les musiciens restent autour d'une table.

— Cela ne doit pas être pratique.

— Tss ! Parfois, tu es d'un rabat-joie. La table est légèrement repoussée et bien sûr… il n'y a pas de batterie. Ce sont des groupes irlandais qui viennent ici.

— Cornemuse et tout le toutim…

— Tout-im ? répéta Eva sans comprendre.

— Ne cherche pas… c'est une expression française.

— Ah… Oh ! regarde Lisa ! Voici notre repas qui arrive ! applaudit son amie excitée et affamée.

— Tu as l'air vraiment contente de passer à table, remarqua moqueuse la Française.

— J'ai mangé une salade ce midi… j'essaye de maigrir.

— Et tu te rattrapes le soir avec un plat à deux-mille calories au centimètre carré !

— Tu ne peux pas comprendre. Tu es mince toi… et tu ne fais même pas d'efforts. Dieu n'est vraiment pas juste par moment.

Lisa eut un sourire et s'abstint de tout commentaire. Comment expliquer à son amie qu'elle devrait aller un peu moins souvent au fast-food ? Et boire également un peu moins de bière ou de soda… Eva était jolie et savait se mettre en valeur, même si elle affichait quelques kilos en trop au compteur.

Elles discutèrent à bâton rompu de leurs vies professionnelles, des hommes qui étaient tous des salauds bien entendu, puisque divorcée pour Lisa et larguée par mail deux mois plus tôt pour Eva. Leurs petits cœurs fragiles avaient été brisés beaucoup trop de fois pour que cela puisse être autrement et enfin, aborder leurs projets d'avenir.

Les verres de bière se succédaient allégrement, et lorsque leurs voisins de tables se mirent à chanter des ballades folks, Eva les reprit en chœur, Lisa se contenta de reprendre ou plutôt de bafouiller timidement le refrain qu'elle comprenait à peine. D'ailleurs, la Française ne sut comment elle se trouva à la grande table voisine, coincée entre deux types taillés comme des armoires.

Enivrée par la bière ingurgitée alors qu'elle n'avait pas l'habitude d'en boire, même le vin était quelque chose dont elle ne profitait pas parce que trop onéreux pour sa bourse, Lisa chanta en ayant ses bras dessus dessous avec ses musculeux voisins, un sentiment exaltant d'émancipation lui montait à la tête. Elle savourait chaque seconde.

Emportée par Kevin qui lui donnait les paroles des airs qu'ils entonnaient depuis une heure, Lisa se laissa aller à chanter à plein poumon. Toutefois, au bout de quelques minutes, elle poussa discrètement du coude son voisin qui devenait un peu trop familier. Son regard rencontra celui amusé de la fille qui observait le petit manège de son admirateur. Lisa baissa les yeux comme pris en faute, avant d'être à nouveau accaparée par son entreprenant chevalier servant.

Jetant un regard glauque sur sa montre une heure plus tard, sentant brusquement la fatigue l'envahir, la jeune femme s'aperçut qu'il était bientôt minuit et qu'elle ferait mieux de rentrer. Se tournant vers Eva, Lisa remarqua enfin que cette dernière avait disparu.

— Votre amie est sortie il y a cinq petites minutes.

Surprise, Lisa pivota vers la voix de velours qui l'avait interpelée et rencontra le visage de cette blonde sublime. Elle haussa les sourcils, un peu inquiète visiblement.

— Voulez-vous que nous regardions dehors pour voir si nous la trouvons ?

— Euh… Je peux le faire toute seule…

Son interlocutrice grimaça légèrement amusée.

— Je crois qu'il vaut mieux que je vous accompagne.

Lisa se redressa et remarqua que le sol tanguait dangereusement.

— Oups !

— Je vous aide, venez !

Se laissant entraîner par la blonde qui devait être un peu plus grande qu'elle, Lisa respira son parfum aux odeurs orientales et entêtantes, qui l'enveloppèrent toute entière. Son bras, même s'il était fin, était sûr et stable. Lisa était très troublée pour elle ne savait quelle raison. Peut-être l'alcool ? Quoi qu'il en soit, sur le trottoir, Lisa ne trouva aucune trace de son amie.

— Comment a-t-elle pu me laisser ici ?

— J'en suis désolée, déclara l'inconnue compatissante.

Lisa se tourna vers elle et sa gorge se noua. Son pull cheminé vieux rose moulait une poitrine généreuse et marquait une taille mince. Son jeans moulant noir lui aussi, montrait une silhouette longiligne, souple et déliée… combien elle aurait aimé lui ressembler, songea Lisa avec regret.

— Pourquoi êtes-vous désolée ? demanda Lisa avec curiosité.

— Enfin, vous paraissiez très amies et elle vous laisse seule.

— Oh… elle aurait pu simplement me prévenir. Je me fiche qu'elle parte. Enfin, je vais chercher mes affaires.

Lisa trembla un peu sur ses jambes, mais l'air frais extérieur lui avait fait du bien et remis les idées en place.

— Moi aussi…

— Et vos amis ?

— Oh eux… elle eut un sourire en coin, ils iront cuver toute la journée de demain. Tout ce que je leur demande c'est d'être en forme pour jouer.

— Jouer ? s'étonna Lisa alors qu'elle tenait la porte pour permettre à l'inconnue d'entrer à nouveau dans le pub.

— Nous nous produisons quelques fois ensemble sur des petites scènes… demain soir, nous allons nous produire à Buffalo.

— Oh…

Lisa s'était avancée et avait récupéré son manteau et son sac. Comme prévu, la blonde en fit de même, mais avec beaucoup plus de difficulté, ses amis voulaient absolument qu'elle reste. Haussant les épaules, la vendeuse se dirigea vers le bar où elle paya son repas et ses consommations. Lisa remarqua qu'elle ne s'appuyait pas avec grâce contre le comptoir, mais plutôt comme une alcoolique à une rampe.

Comment en était-elle arrivée là ? Jamais la Française ne s'enivrait de cette manière et la honte la submergeait. Récupérant sa monnaie, elle étouffa un bâillement alors qu'elle remerciait le serveur avant de quitter les lieux. Une soirée tranquille ? Bah au moins, elle avait oublié ses problèmes et le vide de sa vie.

Dehors, Lisa tituba légèrement. Un homme vint la rejoindre.

— Eh ma belle, tu veux que je te tienne chaud ce soir ?

— Pas la peine ! déclara sèchement la Française.

Le regard noir dont l'affubla la brune dissuada son interlocuteur. Lisa fit un geste pour appeler un taxi. Elle faillit tomber en arrière ayant mal évalué la violence de son geste et le précaire équilibre de ses jambes. Lisa recula de trois pas, lorsqu'une main se plaça dans son dos pour arrêter sa chute.

— Eh ! Ça va ? demanda la voix de l'inconnue.

— Oh, je suis désolée. Je dois donner un triste spectacle.

— Vous sembliez vous amuser, sourit sans malice son interlocutrice.

— Cela fait longtemps que cela ne m'était pas arrivé, confessa Lisa sans mentir. Au fait, je m'appelle Lisa Fournery.

— Vous avez un accent français...

— Je le suis, sourit la jeune femme qui se dirigeait vers son taxi, la blonde sur les talons.

— Je m'appelle Marya Gordon et j'adore votre pays.

Lisa leva les yeux vers Marya et eut un hoquet intempestif, qui lui souleva le cœur.

— Oh mon Dieu, je vais vomir... chuchota Lisa en ayant des sueurs froides.

— Voulez-vous que je vous accompagne ?

— Eh oh ! interpella le chauffeur impatient, de voir

sa cliente traîner sur le trottoir. J'n'ai pas qu'ça à faire ma p'tite dame !

— Oui, oui, chuchota Lisa. Je vais à la vingt-neuvième rue, Monsieur.

— Bien m'dame…

Lisa complétait l'adresse lorsqu'elle remarqua que Marya se trouvait assise à côté d'elle. Cette dernière, en voyant l'air étonné de la vendeuse, déclara avec un petit sourire.

— Nous habitons la même rue, mon immeuble est quelques bâtiments au-dessus du vôtre pour être précise. Si vous le permettez, je vous accompagne.

— Oh… pas de souci. Je crois que…

Lisa pencha la tête en avant et se massa les tempes. Une autre terrible envie de vomir la prit, elle se retint à temps, un hoquet âcre revenant à la charge.

— Vous devriez prendre une bonne aspirine en rentrant.

— Tout ce que je veux c'est mon lit ! Il ne m'a jamais semblé aussi loin à vrai dire.

— Si vous voulez, je vous aiderai à monter jusqu'à chez vous.

— Oh non, je ne veux pas vous embêter. Enfin, je vais y arriver et…

— Vous savez, j'en aurais pour dix minutes à pieds pour rejoindre mon propre appartement, Lisa.

Surprise par l'utilisation de son prénom, la jeune femme glissa un regard de biais vers la blonde qui la couvait d'un regard bienveillant. Elle se pencha vers elle et d'un geste maternel caressa ses cheveux courts.

— Je crois qu'il y a bien longtemps que personne n'a pris soin de vous, n'est-ce pas Lisa ?

— Que… ?

— Pour ce soir, laissez-moi en toute amitié vous aider. Je ne vous importunerai plus après.

— Vous ne m'importunez pas, répondit spontanément Lisa.

Un magnifique sourire orna les lèvres sensuelles de Marya. Le reste du voyage se fit en silence. Marya observait la Française appuyée contre la portière, pâlir un peu plus à chaque mètre parcourut. Elle croisa les jambes de manière élégante. Elle était vraiment contente que cette Française ne soit pas en couple.

Lorsqu'elle l'avait vu entrer avec son amie dans le bar, elle l'avait remarqué par une espèce d'aura de distinction et en même temps par la chaleur qui se dégageait de sa personne. Une étrangère certainement. C'est ce qu'elle avait pensé.

Les cheveux courts artistiquement décoiffés à la base se retrouvaient aplatis par la pluie fine qui commençait à tomber à nouveau lorsqu'elles étaient ressorties un peu plus tôt. Ses yeux noisette étaient pétillants de vie, mais Marya avait remarqué qu'un pli amer déformait le coin de sa bouche parfois. Elle ne portait pas d'alliance, toutefois, elle reconnaissait toujours une hétéro lorsqu'elle en croisait une.

Pourtant, elle lui avait plu dès qu'elle avait franchi le seuil du pub. Un véritable coup au cœur pour elle et elle en était persuadé pour cette femme aussi. Elle se souvenait très bien de sa gêne, et surtout du long regard échangé qui planait comme une promesse. Jamais elle ne s'aventurait sur ce genre de chemin escarpé, mais pour une fois… peut-être à cause de ce regard justement, elle prendrait un risque.

Chapitre 2 : Douce chaleur.

. . . .

Le radio réveil sonna inlassablement à ses oreilles. Ce vacarme était infernal et lorsqu'il cessa enfin comme par magie, Lisa réfugiée sous la couette soupira d'aise. Quelque chose clochait. Comment son réveil pouvait-il s'éteindre seul ? Et cette odeur de… vanille ? Une main se posa sur la boule informe qu'elle formait avec son édredon.

Lisa sortit de son lit comme un diable de sa boîte et une douleur intense lui traversa l'estomac, sa gorge émit un gargouillis infâme.

— Eh ! Doucement…

Pour seule réponse, Lisa toussa en se tenant l'estomac, et en posant une main devant sa bouche.

— Respirez calmement. Prenez aussi votre temps

pour vous lever. Je vous ai préparé une décoction comme ma grand-mère Rita le faisait. Vous allez voir, vous vous sentirez mieux après. Je vais la chercher...

Incapable de répondre, Lisa attendit que son envie de vomir passe et se demandait ce que cette étrangère faisait chez elle. Levant lentement un œil vers la porte, elle n'eut le temps de voir qu'une haute silhouette et de longs cheveux blonds flotter librement sur les épaules.

Fouillant dans son cerveau pour essayer de rassembler des souvenirs épars de sa soirée de la veille, Lisa se remémora une très belle blonde. Comment s'appelait-elle déjà ?

— Tenez !

Surprise, Lisa leva les yeux vers l'inconnue qu'elle devinait plus qu'elle dévisageait, la pièce étant plongée dans la pénombre.

— Attendez, je vais allumer la lampe.

Cette femme n'entendit pas ses faibles protestations et alluma la lampe de chevet, qui blessa les yeux de la vendeuse.

— Oh... gémit Lisa.

— Tenez, prenez cette décoction, je suis sûre que vous vous sentirez mieux après.

Lisa observa le verre qui flottait devant ses yeux. Un nouveau haut-le-cœur la convainquit de se soulager rapidement. D'abord suspicieuse, Lisa trempa ses lèvres... et arrondit les yeux de surprise. Loin d'être désagréable, la boisson aux saveurs d'herbes et de miel lui parut délicieusement fraîche et bonne. La Française faisant fi de toute prudence vis-à-vis d'un étranger, but d'un trait sa boisson sous le rire de son invitée.

— Moi qui pensais que vous seriez réfractaire, apprécia la blonde.

— Qui êtes-vous ? demanda enfin Lisa.

— Vous ne vous souvenez pas ? répondit son interlocutrice visiblement déçue.

— Vaguement, avoua Lisa, mais plus dans le détail. Et j'ai un peu de mal à rassembler mon cerveau ce matin.

— Nous nous sommes rencontrées au Bluecort. Nous habitons la même rue et…

— Que faites-vous chez moi ? demanda Lisa qui récupérait étonnamment vite à présent.

Elle fixait cette femme vraiment belle, aussi fraîche qu'une rose au petit jour et qui la fixait avec un regard chaleureux et amical.

— Vous avez été incapable de sortir du taxi hier soir. Vous m'avez donné les clefs et je vous ai aidé à monter chez vous. Vous vous êtes endormis sur l'encadrement de votre porte… alors, je vous avoue vous avoir cogné un peu, mais… excusez-moi, mais comme vous vous laissiez aller, vous étiez lourde.

La blonde avait rougi jusqu'à la racine des cheveux ? Lisa n'en croyait pas ses yeux et ses oreilles également. Elle était soûle à ce point-là ? Après un toussotement gêné, elle reprit.

— Je vous ai porté jusqu'à votre lit, je ne vous ai retiré que vos chaussures. J'ai pensé aussi vous mettre votre radio réveil, vous m'aviez dit hier soir que vous travaillez ce matin de bonne heure. J'ai dormi sur le canapé… au cas où il vous arriverait quelque chose. Je n'aurais pas pu me sentir tranquille si quoi que ce soit vous était arrivé.

Clignant plusieurs fois les yeux vers son interlocutrice, Lisa la dévisageait sidérée. Cette dernière commenta soudain.

— Si vous devez aller travailler ce matin, je vous conseille de vous dépêcher, il a neigé cette nuit.

— Oh purée !

— Je vous ai préparé votre petit déjeuner...

— Je n'ai pas faim... objecta Lisa.

— Vous devriez pour vous remettre l'estomac en place, d'autant que vous avez pris la potion de grand-mère Rita.

Lisa se leva précipitamment et remarqua en effet qu'elle portait toujours ses vêtements de la veille. Elle attrapa quelques affaires et se dirigea vers la salle de bain précipitamment. Elle allait être à la bourre. Pourtant, elle pila net pour se tourner vers la blonde.

— C'est quoi déjà votre prénom ?

La jeune femme lui adressa un sourire éclatant.

— Je m'appelle Marya Gordon.

— Lis...

— ... sa Fournery. Vous me l'avez dit hier, souriait toujours la jeune femme. Allez vous préparer, sinon vous finirez vraiment en retard à votre travail.

— Oui...

Troublée, Lisa gagna la salle de bain et après s'être déshabillée rapidement, elle se laissa réchauffer par le jet chaud de la douche. Un certain bien-être la gagna. Lisa ne savait pas de quoi était composé le mélange de plantes, mais il était rudement efficace le cocktail à grand-mère Rita.

Mais une inconnue chez elle ? En plus à New York ?

Lui avait-elle volé quelque chose ? À moins de chercher les coups, un voleur ne restait jamais sur place... alors, elle voulait vraiment l'aider cette Marya ? Elle se souvint vaguement que cette femme la veille, lui avait dit qu'elle habitait à quelques immeubles du sien.

Se dépêchant de sortir et de se sécher, c'est calmement toutefois qu'elle rejoignit Marya qui l'attendait dans la cuisine. Au passage, Lisa nota que les rideaux de son appartement avaient été ouverts et que sa cuisine était rangée alors que la veille, elle n'avait pas eu le temps de le faire.

Un bol de café et des toasts posés sur la table attendaient sagement ainsi que de la confiture et du sucre.

— C'est bien cela que vous préférez ?

Lisa haussa les sourcils étonnés et releva les yeux vers son interlocutrice. Son cœur bondit dans sa poitrine. Cette femme n'était pas belle, elle était magnifique ! Comment se faisait-elle qu'elle se trouvait chez elle ? C'était le genre de poupée à la beauté irréelle que l'on voyait dans les salles de cinéma ou non... le visage d'une pin-up des années cinquante...

La gorge nouée et le cœur battant, Lisa rejoignit Marya qui s'était assise face à son bol.

— Vous ne déjeunez pas ? s'étonna la Française.

— Je ne vous ai pas attendu, avoua la chanteuse. Je mourrai de faim ce matin et je me suis permis de prendre mon petit déjeuner...

— Vous avez bien fait.

Lisa trempa son toast couvert de gelée de groseille et l'avala sous le regard attendri de sa vis-à-vis.

— On m'avait dit qu'en France on trempait le pain

dans le café…

— Euh oui… fit mal à l'aise Lisa qui se croyait prise en faute.

— Vous venez de quelle région de France ? Paris ?

Le moins qu'elle puisse dire, songea Lisa, c'est que l'atmosphère entre elles était amicale et facile. En entendant le nom de la capitale, Lisa éclata de rire et secoua la tête.

— Non, je viens de Nantes ! Une partie de ma famille vit là-bas, l'autre provient de la région de la Lozère. On se demande comment mes parents se sont rencontrés d'ailleurs.

— Nantes ?

— Oh, c'est sur la façade Atlantique. Vous connaissez la géographie de la France ?

— Pas vraiment ! s'excusa Marya gênée de son ignorance. Je ne connais que la capitale à vrai dire.

Marya déçue, aurait aimé savoir où cela se situait. Lisa ne semblait pas mal le prendre, voir plutôt amuser par sa réponse.

— Je crois que Paris et Saint-Tropez sont les deux seules villes que les étrangers connaissent…

— Et Cannes ! s'exclama Marya avec un grand sourire, ravie d'en savoir plus qu'elle ne le soupçonnait de prime abord.

— Je vous montrerai l'endroit où j'ai vécu un jour… sourit Lisa.

— Vraiment ?

Une lueur d'espoir germait dans un coin de sa tête, elle était contente que la Française veuille la revoir. Lisa observa son interlocutrice émue pour elle ne savait quelle raison. Peut-être parce que pour la première fois, elle discutait d'autre chose que de devoirs au petit-déjeuner ? Ou de problème d'intendance... C'était si agréable d'avoir une conversation sur tout et rien, juste comme ça.

— Vous devriez vous dépêcher, rappela brusquement Marya.

Lisa jeta un coup d'œil à sa montre.

— Oh mon Dieu ! Là, je suis en retard ! Je suis désolée Marya, c'est très sympathique de discuter avec vous, mais je vais devoir partir !

— Habillez-vous, je me charge de ramasser le petit-déjeuner. Moi, je suis prête !

Se dirigeant vers sa chambre, Lisa attrapa une nouvelle écharpe et vérifia son argent planqué dans le tiroir à culottes pour se rassurer complètement, puis gagna le vestibule où se trouvait déjà Marya avec son manteau sur les épaules.

S'habillant rapidement, Lisa se faufila en dehors de son appartement, Marya ayant laissé la porte ouverte. Ensemble, elles descendirent par l'ascenseur, la promiscuité mis mal à l'aise Lisa. Pourquoi ? La gorge sèche, elle sortit rapidement de la cage où l'effluve capiteux du parfum de Marya la tenait prisonnière, envoûtée malgré elle par la présence ultra féminine de la blonde.

Que ressentait un homme en sa présence ? Cette idée curieuse l'avait dérangée. Sa respiration se fit plus ample une fois éloignée de quelque pas de cette femme un peu trop présente à son goût.

— Je vous laisse, lança cette dernière dans son dos. Je dois rentrer chez moi et préparer mes bagages. Je pars quelques jours en tournée... peut-être à bientôt.

— Oui, répondit Lisa mécaniquement.

Elle se tourna vers Marya qui lui adressait un curieux sourire. Un peu triste ? Elle fouilla dans son sac à main, sortant une carte de sa poche.

— Si vous voulez, vous pouvez me contacter à ce numéro et on pourrait boire un verre à nouveau ensemble ? Ou faire les boutiques ?

— Oui…

Lisa attrapa le carton et l'examina durant quelques secondes, avant de le ranger dans sa poche de manteau.

— Je vous remercie Marya pour tout ce que vous avez fait pour moi. Je crois que… je ne serais pas sorti du lit si vous n'aviez pas été là, avoua la Française.

— Ce n'est rien… j'ai participé à quelques fêtes bien arrosées aussi, et j'ai toujours eu la chance d'avoir quelqu'un pour me ramener ou me tenir compagnie. Je crois que quelque part que je me sentais redevable. Je vous dis à très bientôt, Lisa.

Après un dernier signe de la main, la chanteuse disparue assez rapidement. Lisa resta quelques secondes dans le hall de l'immeuble à regarder la porte sans bouger. Sortant de son état second et repoussant les sentiments contradictoires qui la tenaillaient, Lisa franchit à son tour la double porte en verre et se dirigea vers la première bouche de métro avec précaution. La neige collait à ses chaussures.

Déambulant entre les tables, Lisa effectuait son service dans le salon de thé. Depuis le matin, elle passait de la caisse, en salle… et la fatigue due à sa soirée de la veille commençait à lui peser lourdement aux semelles. Des ampoules avaient dû bourgeonner à ses pieds, ces derniers ayant gonflé !

C'est en boitillant que Lisa se réfugia quelques minutes dans les toilettes. Quelle journée ! Elle avait pourtant bien débuté, si ce n'est un malaise inexplicable et qu'elle ne souhaitait pas approfondir dans le fond, qui l'assaillait en présence de Marya. Aplatie comme une crêpe dans le métro parce que tout le monde fuyait les routes, elle s'était extirpée péniblement de la rame, les pieds piétinés... pour ensuite tomber sur l'arrière-train devant la boutique.

Ce fut Parker qui l'aida à se redresser en s'assurant que la vendeuse n'avait rien de casser. Une fois à l'intérieur, Kanyon Matthew d'humeur exécrable, avait briefé l'ensemble de l'équipe de vente sur les mauvais chiffres du mois alors qu'ils approchaient de Noël ! Lisa avait songé que son patron avait adopté le caractère versatile de la femme enceinte... il était devenu beaucoup trop changeant d'humeur depuis qu'il avait appris qu'il serait papa quelques jours plus tôt.

— Tu es bien rentrée...

Surprise, Lisa se tourna vers Eva qui étouffait un bâillement.

— Ne t'attarde pas trop, il y a du monde. J'ai vu que tu avais mal au pied.

— Je me les suis fait écrabouiller dans le métro. Et il serait temps de prendre de mes nouvelles... ironisa mi-figue, mi-raisin Lisa.

— Oh, je savais que tu saurais rentrer seule. Moi... disons que Lester était plutôt entreprenant et puis j'ai vu que Kevin paraissait vouloir te mettre le grappin dessus, remarqua Eva les yeux brillants. Alors, c'était comment ?

— Je ne suis pas rentrée avec Kevin... Ce gars est

lourdingue.

— Oh, il est pourtant agréable à regarder, déclara mutine l'autre vendeuse.

— Je n'ai pas apprécié ses manières.

— Tu t'en fous, c'est seulement un coup d'un soir, chérie. Il faut savoir se détendre dans la vie. Crois-tu que moi et Lester, ça va durer ? ironisa Eva.

— Je ne veux pas de ce genre de chose.

— Tu ne sais pas t'amuser. Enfin, tu as su rentrer c'est le principal.

— C'est Marya qui m'a raccompagné, répondit revancharde Lisa.

Après tout, il fallait bien lui montrer qu'un peu d'aide n'aurait pas été inutile. La vendeuse arrondit les yeux et répliqua instantanément.

— Tu es rentrée avec une gouine ?

— Pardon ?

Lisa observa son interlocutrice abasourdie. La porte s'ouvrit brutalement et Karin s'exclama affolée.

— Les filles grouillez-vous il y a du monde en salle !

Le cœur battant et voulant échapper aux commentaires qui semblaient prêts à jaillir de la bouche d'Eva, Lisa se réfugia en salle. Avec un sourire qu'elle espérait le plus sincère possible, Lisa prit les commandes et reprit son ballet entre les tables. Son cerveau était en ébullition. Marya Gordon était lesbienne ? Et elle avait dormi dans son appartement ? Comment cela pouvait-il être possible ?

Brutalement, Lisa se souvint qu'elle portait ses vêtements au réveil. De plus, jamais la blonde n'avait eu de geste déplacé… enfin le matin même. Mais la veille ? C'était du grand n'importe quoi ! Prise par les affres de ses pensées, la jeune femme oublia ses pieds. Le malaise inexplicable qui la rongeait depuis le matin même trouvait enfin un écho ! Et si cela la touchait autant… c'est parce qu'elle-même n'avait pas les idées très nettes sur le sujet.

NEW YORK, 19 DÉCEMBRE DANS LA SOIRÉE.

Installée devant son écran, dans son grand fauteuil en tissus beige, Lisa serrait contre elle son oreiller, une main plongée dans une bassine de marshmallow. Les images de Franck Capra où James Stewart et Donna Reed se cherchaient dans cette comédie romantique lui faisaient le plus grand bien au moral.

Elle avait mis deux heures pour rentrer chez elle dans la soirée, la neige ne cessant de s'amonceler et rendre la circulation difficile aussi bien pour les voitures que pour les piétons. Ses pieds meurtris se révélèrent en sang lorsqu'elle ôta ses chaussures une fois dans le hall de son immeuble, incapable de faire un pas de plus chaussé comme elle l'était.

Maintenant, chaque orteil et talon s'ornait d'un pansement individuel éclatant. Lorsqu'elle avait achevé sa tâche, Lisa s'était demandé comment elle enfilerait des chaussures le lendemain. Enfin actuellement, elle partageait le bonheur des acteurs et ne cherchait pas vraiment à creuser la question.

Un coup de sonnette à la porte tira Lisa de sa torpeur bienheureuse. Se levant en claudiquant, elle posa son visage contre la porte et observa son visiteur au travers du judas. Le cœur de Lisa bondit. C'était Marya. Que venait-elle faire ici ? De plus, ne devait-elle pas aller à Buffalo ?

Inconsciente de ses gestes, Lisa aplatit ses vêtements et passa une main rapide dans ses cheveux.

Ouvrant la porte en grand, elle observa la chanteuse, magnifique dans son long manteau en drap de laine noire.

— Que faites-vous ici ? s'étonna Lisa.

— Les routes sont bloquées et finalement notre petite tournée a été annulée et déplacée à plus tard. Alors comme je me sentais seule… et que… enfin, j'ai apporté du chocolat et…

— Entrez ! Ne restez pas sur le seuil, proposa avec le sourire Lisa qui s'écarta de la porte.

La Française avait oublié ses pieds et rougit comme une tomate en voyant les yeux mordorés s'attarder sur ses orteils camouflés par des gazes blanches mis en boule sur chacun d'eux. Elle toussota gênée.

— Je n'ai jamais été douée pour les bandages.

— Tu dois avoir horriblement mal ! s'exclama familièrement Marya. J'ai un super remède pour les ampoules…

— De ta grand-mère Rita ?

Surprise, Marya leva les yeux vers Lisa et l'observa avec attention avant d'éclater de rire.

— Exactement ! Elle a des remèdes pour tout ! Euh… je peux poser mon manteau dans l'entrée ? demanda poliment Marya.

— Oui, oui… pose tes affaires sur la console.

Lisa ne remarqua pas sa propre familiarité et invita la chanteuse à la suivre chez elle. Cela tombait bien qu'elle passe, même si la télé lui tenait compagnie, cela ne remplacerait jamais une discussion avec de vraies gens. Et puis, avec cette foutue histoire de Noël qui approchait, elle ne pouvait même pas rentrer en France, plus les moyens.

— Si tu t'installais sur le canapé et restait tranquille pendant que je prépare mon remède ?

— Tu as besoin de quoi ? s'étonna la Française.

— Hum… j'ai visité ta cuisine et je sais que tu disposes des éléments indispensables !

— Ah ?

— Va t'asseoir.

Mais la jeune femme suivit la chanteuse qui sortit de son panier à condiments des oignons, retira une planchette accrochée sur une barre métallique non loin de sa table de cuisson, et un grand couteau à légumes.

— Des oignons ! s'exclama Lisa ébahie.

— C'est un anti-inflammatoire et un antibactérien naturel. Tu le mets en cataplasme ça va apaiser la douleur et éviter que ces ampoules ne s'infectent ! Tu as retiré la peau ?

— De quoi ?

— De tes ampoules ?

— Non, non… je n'ai rien fait en fait.

— Alors, retourne dans la salle et retire tous tes pansements, je vais m'occuper de toi.

Lisa observa Marya déjà toute à son ouvrage, dépouillant l'oignon de sa couverture jaune et l'émincant finement. Haussant les épaules, Lisa regagna son fauteuil et retira avec beaucoup de précautions tous ses bandages. Des larmes de douleurs coulèrent malgré elle.

— Tes pieds sont très amochés !

Marya s'installa sur le sol, assise sur ses fesses,

examinant ses pieds de plus près avec intérêt. Lisa se pencha également et grimaça en bougeant ses orteils. Ils étaient franchement moches.

— Eh! Ne les bouge pas comme ça. Tu es maso ou quoi?

— Euh, non. C'est parce que je voulais savoir s'ils étaient toujours vivants…

Un éclat de rire recouvrit les répliques de James Stewart qui tentait de convaincre Dona Reed en la secouant par les épaules. Le moment était tragique pour les acteurs, mais pas pour Marya qui se reprit et déclara rieuse.

— Bien sûr qu'ils sont vivants! Sinon tu n'aurais pas mal comme maintenant. Arrête de bouger et laisse-toi faire!

Le petit saladier qui reposait à quelques centimètres de Marya se retrouva aux pieds de Lisa. Avec une grande délicatesse, la chanteuse entreprit de poser les oignons sur la chair à vif, camouflée par la peau devenue ridée et violette. Immédiatement, Lisa sentit la fraîcheur du condiment soulager ses orteils. Elle chuta en arrière et oublia toute retenue. Jamais elle ne s'était sentie aussi bien!

Ses pieds furent bandés quelques minutes plus tard avec une dextérité que Lisa n'aurait pas soupçonnée. Une fois terminée, Lisa demanda.

— As-tu mangé?

— Non, pas vraiment. J'ai dormi tout l'après-midi en fait… En me réveillant, je ne savais pas quoi faire, comme tout le monde partait dans sa famille du fait que notre concert a été annulé, alors que la mienne se trouve en Californie… enfin, je vous savais seule… je me suis dit que deux solitudes réunit ensemble pour passer un moment plus chaleureux, ça pouvait vous intéresser.

Lisa observa Marya et elle remarqua quelque chose de

fugace dans le regard de la blonde... le genre de chose qui dans le regard d'un homme l'aurait flatté.

— Marya, je peux te poser une question ?

— Oui... vas-y.

— Nous ne nous connaissons pas après tout. Si ce n'est... enfin, le fait que nous nous soyons rencontrés dans une soirée, partagé un taxi et une nuit dans mon appartement... Enfin, ma collègue de travail m'a dit que vous étiez... lesbienne. Je n'ai rien contre les lesbiennes attention ! avertis Lisa en voyant la crispation soudaine de son interlocutrice. Je vous avoue que je m'en fou. La seule chose, c'est... n'attendez rien de moi. Vous comprenez ?

— Je ne cherchais que de l'amitié, Lisa.

Cette dernière rougit brusquement. C'était elle qui se sentait idiote pour le coup à se faire des films. Mais de se sentir aussi rejeter et par une belle femme comme elle, elle eut un pincement au cœur.

— Je ne sais pas comment votre amie est au courant, mais ma sexualité ne la regarde en rien.

— Est-ce qu'un certain Lester vous dit quelque chose ?

— D'accord, murmura en soupirant Marya en se cachant le visage d'une main. Cet enfoiré, je vais lui faire regretter le jour de sa naissance.

Lisa, déçue du changement d'ambiance, se rappela la console vidéo de son fils et demanda brusquement.

— Vous aimez les jeux vidéo ?

— Euh je ne sais pas, je n'ai jamais joué.

— Eh bien, c'est l'occasion, mais d'abord allons nous restaurer ! Me faire à manger pour moi seule me déprime, mais si nous sommes deux... sourit Lisa.

Chapitre 3 : Amitié ?

. . . .

Le salon éclairé par les lampes posées au sol donnait une ambiance intimiste. La pièce habituellement rangée voyait les reliefs du repas traîner sur la table basse. Elle résonnait de cris et d'éclat de rire de femmes et ces dernières se tenaient debout une arme de poing à la main, dégommant les extra-terrestres à tour de bras dans une ambiance futuriste.

— Marya ! Attention sur ta droite ! hurla Lisa qui visionnait les deux zones de combat qui s'affichait sur l'écran.

— T'es marrante toi ! Tu me fais peur à crier comme ça !

— Je dis ça, fit Lisa en haussant les épaules faussement dédaigneuses.

— Tu vas voir, moi ce jeu n'aura pas ma peau ! souffla Marya en tirant en joue.

— Ça fait cinq fois qu'on recommence et tu perds toujours, ricana Lisa.

— Ce n'est pas juste, c'est le jeu de ton fils, tu as eu le temps de t'y faire !

— Peut-être, mais je n'y jamais jouée auparavant.

— Je n'en crois rien.

Lisa rencontra un bref instant le regard mordoré qui pétillait de joie. Son cœur se réchauffa. Cela faisait une éternité qu'elle ne s'était pas éclatée de la sorte. Une heure plus tard, elles s'écroulaient au sol, épuisées d'avoir trop ri.

Fatiguée, mais heureuse, Lisa proposa.

— Tu veux un chocolat Marya ?

— Euh… demain tu travailles, je ne veux pas abuser.

— Oh, c'est un moyen de conclure la soirée. Après je te laisserai t'échapper.

— D'accord, cela m'aidera à affronter la neige.

— Il neige encore ? interrogea Lisa en essayant de voir derrière les rideaux en dentelles.

— Attends, je vais voir.

Se redressant, Lisa se dirigea vers la cuisine et entreprit de faire le chocolat comme sa mère lui faisait lorsqu'elle était petite. Elle sortit du chocolat noir en plaque et le cassa et les plaça dans le bain-marie qu'elle avait pris soin de préparer. Sortant une bouteille de lait, elle en versa un peu sur les morceaux qui fondaient doucement à présent.

— Une recette de ma mère, sourit Lisa à Marya qui l'observait avec attention.

— J'ai envie d'y mettre un doigt pour goûter.

— Tu vas te brûler! Surtout, ne fais pas ça... à moins de vouloir avoir un cataplasme d'oignons frais sur ton doigt.

En disant cela, les deux femmes observèrent les pieds nus de la française et examinèrent les deux bandages toujours en place, pour se dévisager le visage à quelques centimètres de l'un de l'autre. Elles explosèrent de rire sans savoir pourquoi, mais la complicité qui grandissait entre elles les réchauffait plus sûrement que n'importe quel alcool capiteux, sans les effets secondaires.

Lisa touilla le mélange chocolat et lait et proposa à Marya de retirer deux mugs dans le placard. Cette dernière se déplaçait comme chez elle, nota Lisa entre ses cils. Lisa versa le lait chocolaté dans la casserole et ajouta du sucre en poudre et reprit ses coups de cuillères en bois.

Et dire... qu'elle ne l'envisageait même pas comme une cible potentielle! Pourquoi ça la chagrinait autant? Avait-elle envie de plus finalement? Un sourire amer plissa sa lèvre, était-elle en manque à ce point? Non, Marya n'était qu'une amie rien de plus...

— Attention c'est chaud! s'exclama la Française en se tournant avec sa casserole.

— Hum... ça sent bon, applaudit Marya, ravie comme une enfant à qui on offrait un cadeau de Noël.

— Attends de goûter d'abord!

— D'accord...

— Attends, j'ajoute la crème.

— La crème?

Lisa sortit de la chantilly qu'elle posa en dose généreuse sur le liquide brûlant. S'installant devant son mug, Marya se pencha au-dessus de sa tasse et huma son bol en faisant monter les effluves de chocolat avec ses mains. Elle admira la poudre de cacao que déposa son hôtesse sur sa tasse.

Lisa la rejoignit en passant sa langue sur le coin de sa bouche comme une gamine.

— Mes enfants n'en veulent plus… je suis trop contente d'en refaire pour quelqu'un.

— Ils ne vont pas trop te manquer durant les fêtes?

— Si, avoua Lisa avant de boire une première gorgée en faisant attention de ne pas se brûler.

— Même pour eux, cela ne doit pas être évident.

— Mes enfants préféreraient rester avec moi, mais bon… c'est un accord entre leur père et moi. Nous nous partageons les fêtes une année sur deux. Et puis, notre situation était devenue invivable pour tous lorsque nous étions ensemble tous les quatre. Quelque part, le fait que nous soyons séparés soit une bonne chose.

— Mais tu es seule pour Noël!

— Toi aussi, remarqua Lisa calmement.

— Oui, moi aussi.

Marya but plusieurs petites gorgées de son chocolat qu'elle apprécia.

— C'est vraiment bon! apprécia la chanteuse.

— Merci.

— Ma famille habite en Californie alors, je ne risque pas de pouvoir les rejoindre.

— Dis Marya…

Cette dernière observa le visage sérieux de la Française.

— Si toi et moi nous sommes seules, nous pourrions

passer les fêtes ensemble. Comme tu disais tout à l'heure…
Euh… non, tu dois avoir des amis…

— Non, je n'ai personne, bondit sur l'occasion la
blonde. Ça me plairait de passer les fêtes avec toi.

— C'est vrai ? sourit Lisa.

— On le passera dans mon appartement, proposa
l'Américaine en se frottant les mains. J'ai un karaoké
dans l'appartement.

— Un karaoké ?

— Oui ! Et je préparerai un repas de fête comme chez
moi ! s'enthousiasma Marya.

— OK…

— Dit ! Je viens te chercher demain après ton travail
et nous pourrions faire quelques courses ensemble ?
Comme je ne connais pas tes goûts, ça me permettrait de
voir ce que tu apprécies vraiment…

— Oh ne t'embête pas Marya, tu sais je m'accommode
de tout.

— Tu es mon invitée, si je m'inquiète.

— Tu sais avec mes pieds…

— Écoute, demain matin, je passe chez toi te déposer
de l'arnica et je referai tes bandages.

— Marya, tu pousses loin…

— Comment vas-tu marcher toute ta journée ? Tu ne
pourras même pas enfiler tes chaussures avec tes propres
bandages.

Lisa reconnut que ce n'était que la stricte vérité.

— Et puis moi, j'aime bien m'occuper des autres.
Depuis que je suis ici, je n'ai presque personne à soigner.
Les musiciens sont tous mariés et…

— Tous mariés ? Même Lester ?

— Euh… oui, avoua Marya désolée.

— Oh. D'accord. Eva sera ravie de l'apprendre.

— Écoute, ne lui dis rien. Si tu lui dis, tu te feras traiter de menteuse ou de jalouse et rabat-joie… et elle t'enverra te mêler de tes affaires. Je crois que dans ce genre de situation compliquée, il vaut mieux laisser les gens se débrouiller entre eux. Et puis, excuse-moi, mais une amie qui t'abandonne sans savoir si tu es capable de rentrer chez toi… quand je l'ai vu partir, je me suis dit qu'il était impossible que tu lui fasses la même chose.

— Je ne sais pas…

— Fait comme tu veux Lisa, après tout… c'est ton amie. Donc, demain matin, je passe te faire tes pansements et après, je verrai si je peux voir mon ancien patron. Pas question que je reste un mois sans rien faire.

Lisa hocha la tête. Une demi-heure plus tard, Marya quittait les lieux d'un signe de main et un sourire. Lisa posa son front contre le battant. Eva allait déchanter. Même si elle disait que tout n'était qu'une question de cul… enfin bref… elle allait se coucher sinon, le lendemain serait tout aussi difficile que le matin même.

Marya serra son manteau contre elle, lorsqu'elle quitta le hall chauffé. La soirée défilait en boucle et un sourire flottait sur ses lèvres. Certes, la brune ne semblait pas sensible à son charme… Cela lui avait fait un coup au cœur, lorsqu'elle lui avait parlé ouvertement de son homosexualité et le fait qu'elle ne souhaitait pas envisager une quelconque relation, mais fort était de constater qu'elles s'entendaient vraiment bien.

Peut-être Marya devrait-elle s'accommoder d'une simple relation d'amitié? Après tout, des amies elle n'en avait pas tant que cela. La plupart étaient masculin et joueurs de jazz ou folk. Oui, peut-être qu'une simple relation d'amitié suffirait? Alors pourquoi son cœur se mettait à battre plus vite lorsque son visage était à deux centimètres du sien? Et sursautait-elle au moindre effleurement? Lisa ne s'apercevait de rien, elle en était sûre. La vie était vraiment mal fichue parfois.

Jamais elle ne tombait amoureuse d'une hétéro. C'était compliqué, ingérable et son sixième sens l'avertissait toujours des embrouilles, sauf que là… Lisa Fournery lui plaisait à un point… soupira-t-elle en formant un nuage de fumée autour de son visage. C'était bien plus que cela. Elle avait eu le coup de foudre. Et dire que ce soir-là, elle ne voulait pas sortir.

7 h, 20 décembre, New York.

Ouvrant péniblement un œil, Lisa ferma son radio réveil. Se souvenant de la venue prochaine de Marya, la Française s'éjecta de son lit et fonça dans sa salle de bain. Après avoir retiré ses cataplasmes avec précaution, Lisa remarqua que ses pieds avaient retrouvé une couleur rose clair, et ses cloques ne formaient plus qu'une peau fripée blanche.

Remuant ses orteils avec hésitation au départ, puis plus franchement, Lisa soupira d'aise en s'apercevant qu'elle n'avait plus mal. Elle fila sous la douche et en ressortit dix minutes plus tard, requinquée. Elle s'habilla avec douceur pour éviter de se donner des coups aux pieds et mangea son petit déjeuner un quart d'heure plus tard avec entrain.

Lorsque la sonnette de la porte d'entrée retentit, Lisa était prête et ouvrit avec un large sourire à Marya qui apprécia sa bonne humeur.

— Eh bien, ça fait plaisir un sourire comme celui-ci de bon matin.

— Tu n'as rien à m'envier, lui répondit Lisa. Entre !

Lisa regagna son salon, Marya sur les talons. Les soins se passèrent rapidement et quelques minutes plus tard, elles descendaient par l'ascenseur. Lisa était toujours aussi troublée d'être aussi proche de Marya, mais elle ne lui avouerait pas pour tout l'or du monde. C'était terriblement gênant. Et dire qu'elles se quitteraient dans moins d'une minute.

Sur le trottoir, Lisa remarqua le sol sali par la neige piétinée. Même si la nuit avait recouvert encore une fois New York par une bonne couche de neige, les piétons étaient nombreux... bien plus que les véhicules à vrai dire.

— Je prends un taxi... pourquoi ne te joindrais-tu pas à moi ?

— Je n'ai pas... enfin, nous ne prenons pas la même route...

— Détrompe-toi ! Allez viens. Inutile de t'écorcher les pieds avant d'arriver à ton travail et puis ce soir, je voudrais qu'on fasse les courses.

— Très bien...

Se laissant entraîner, Lisa admit une fois à l'intérieur du taxi qu'elle était soulagée d'échapper au métro. Le véhicule conduisait prudemment contrairement aux habitudes des chauffeurs les jours de beaux temps.

— Dit… pour Noël, tu pourras réserver une des merveilleuses pâtisseries du Palais Gourmand ?

— Qu'aimes-tu ?

— Oh, je m'en moque… je crois que je pourrais tout dévorer. Je t'avoue n'avoir jamais osé franchir le seuil de cet établissement.

— Pourquoi ? s'étonna Lisa.

— Parce que… je ne sais pas. On dirait que c'est assez loin d'où j'ai été élevé. Tu sais, je suis d'origine modeste… et le Palais Gourmand, c'est un peu comme le Carlyle ou le Marquee. Ce genre d'endroit très select où il faut montrer patte blanche…

— Tout le monde peut entrer au Palais Gourmand. Bon d'accord, les clochards seraient repoussés, mais j'apporte peu d'importance quant à la condition d'un client. Un client est un client !

Lisa répondit au sourire de Marya. Les deux femmes discutèrent pâtisserie encore quelques minutes avant que le taxi ne s'arrête devant la boutique prestigieuse. Lisa se pencha et voulut payer le taxi, mais Marya refusa.

— Je t'ai dit que je payais, à ce soir…

— D'accord.

Maladroitement, Lisa voulut rentrer son portefeuille dans son sac et ce dernier tomba dans la voiture. Se penchant pour le récupérer, Lisa percuta Marya qui avait fait le même geste. Les deux femmes s'excusèrent en riant un peu bêtement de leur maladresse. Lisa eut le cœur qui s'arrêta une fraction de seconde. Avait-elle rêvé le geste ou… cela s'était-il vraiment déroulé ?

Elle se recula un sourire figé sur les lèvres, et se détourna pour se rendre à son travail. Son index effleura ses lèvres. Elle avait certainement dû imaginer le geste, tout avait été si rapide qu'elle n'avait rien vu… si ce n'est cet effleurement qui la brûlait encore. Lisa passa l'épisode sous le coup du choc à la tête et oublia tout.

Marya croisa les jambes et effleura ses lèvres du bout des doigts. Elle n'avait pas pu s'en empêcher, le visage de la belle Française était trop proche, sa chaleur trop… proche. Fermant les yeux, Marya se reprocha son manque de vocabulaire pour décrire ses émotions qui s'enchevêtraient.

La journée serait longue jusqu'au moment où elle rejoindrait Lisa, mais… d'ici là, elle aurait beaucoup de choses à régler et notamment trouver un job pour gagner un peu d'argent. Son père avait encore joué et dépensé des sommes folles. Il avait craqué une nouvelle fois. Elle était heureuse d'habiter aussi loin finalement, cela n'empêchait pas sa mère de l'appeler pour les sortir de l'embarras.

Lorsqu'elle poussa les portes du Don't Tell Mama, elle fut accueillie à bras ouverts par le patron.

— Ma chérie, ça fait si longtemps que nous ne t'avons pas vue…

— Oui, moi aussi je suis contente de te voir. J'ai besoin de gagner un peu d'argent, ça serait possible de passer quelques soirs durant le mois à venir ?

— Toujours pour toi mon cœur !

Marya sourit à l'homme d'une cinquantaine d'années et entra dans la salle de cabaret et soupira d'aise en rentrant chez elle.

La journée défila à toute allure, et ce fut au moment où elle terminait son service qu'Eva rejoignit Lisa.

— Tu sors ce soir ?

— Oui.

— Chouette ! J'ai envie d'aller au Seven, nous allons finir par...

— Non Eva. J'ai... je sors avec Marya.

— Marya Gordon ? demanda stupéfaite la vendeuse.

— Oui...

— Vous sortez ensemble ?

— En amies, précisa la Française.

— Mouais, laisse-moi rire. Jamais je n'aurais cru que tu virerais ta cuti. T'as des gosses quand même.

Lisa se tourna surprise vers Eva et la dévisagea comme si elle la découvrait pour la première fois. Cela ne la gênait pas d'être associé à Marya qui était chaleureuse et gentille... de toute façon, elle n'était pas née de la dernière pluie et elle avait beau tourner le problème dans tous les sens, elle était attirée par cette femme. Elle l'obsédait et le bien-être qu'elle ressentait en sa présence... Mais peut-être se faisait-elle aussi des idées parce qu'elle se sentait seule ?

Chassant ses idées saugrenues, Lisa reprit son service comme si de rien n'était. La vendeuse perçut le poids du regard d'Eva, mais elle fit comme si cela ne l'atteignait pas. Lisa rangea le salon de thé et regagna les vestiaires. Eva l'attendait, un petit sourire aux lèvres.

— Je vais me joindre à vous... après tout, tu n'y verras pas d'inconvénient puisque vous êtes amies seulement.

— Tu n'as pas de rendez-vous avec Lester ?

— Non, il est parti chez ses parents quelques jours.

— Ah…

— Donc, nous allons pouvoir passer du temps entre filles ! s'exclama Eva ravie en enlaçant le bras de Lisa. Je vais en profiter pour faire mes achats de Noël, tu as déjà fait les tiens ?

— Non, pas encore.

— Ça sera l'occasion !

Lisa ne put qu'accepter cette intrusion et puis Marya et elle n'étaient qu'amies, alors ce n'était pas grave.

Chapitre 4 : Ce n'était pas possible

. . . .

Le grand magasin était illuminé de manière grandiose et le père Noël remportait un vrai succès, il était vrai qu'il paraissait plus réel que l'image d'Épinal, songea Lisa. Le grand escalier malgré l'heure tardive, était encore encombré de nombreux clients. Les rires d'un groupe de femmes attiraient l'attention. Enfin pas tout à fait…

Lisa observait Eva et se demanda ce qu'elle faisait exactement. Elle la trouvait très tactile depuis le début avec Marya qui se laissait faire, visiblement amusé. Lisa donnait le change, après tout… ce n'était pas très grave tout ceci. Et puis, c'était complètement irrationnel de s'être attaché ainsi en même pas deux jours.

Les achats de Noël s'effectuèrent sans encombre et plus rapidement que ne l'aurait cru Lisa qui tenait un sac entre ses bras.

— Si c'est trop lourd, je peux le soulever, proposa Marya aimablement.

— Je n'ai aucun problème, répondit sèchement la Française.

Suivi d'un regard venimeux qui déstabilisa la chanteuse. Qu'avait-elle fait ? Tout cela l'énervait brutalement... Pourquoi la vie n'était-elle pas plus simple à la fin ? Un homme, des enfants, un mariage, un petit job pour se sentir indépendante et quelque part exister autrement que dans son rôle de ménagère.

Agacée soudainement par le comportement d'Eva et de Marya, Lisa les quitta sans se faire remarquer, sans rien dire. Des larmes de contrariété brouillaient sa vue. Peut-être devrait-elle rentrer en France ? Retrouver des ami(e)s avec qui elle aurait des points communs... L'image de sa famille et de sa ville natale lui traversa l'esprit.

Hélant un taxi, Lisa s'engouffra à l'intérieur, pressée de rentrer chez elle. Le paysage défila devant ses yeux sans qu'elle le remarque. Jamais elle ne s'était enfuie comme elle le faisait. Le visage de Marya la poursuivait. Combien elle lui avait semblé irréelle dans son tailleur rétro noir, surmonté de son manteau en laine blanche aux gros boutons noirs, les cheveux remontés d'un chignon en coques, comme les actrices des années cinquante. Hommes ou femmes, tous les regards convergeaient vers cette femme sublime.

Et le pire dans tout cela, c'est qu'elle-même ne pouvait détacher ses yeux de sa silhouette parfaite et de la chaleur de ses yeux mordorés qui la réchauffaient lorsqu'ils se posaient sur elle. Bien que ce soir, ils semblaient vouloir chercher ceux d'Eva. Serrant le paquet de course qu'elle tenait toujours entre ses bras, Lisa ravala un sanglot. Pourquoi se sentait-elle bêtement triste ?

Si… s'il s'était agi d'un homme, elle aurait admis qu'elle tombait désespérément amoureuse, mais là… c'était loin d'être le cas. Marya était une femme et bien plus qu'elle ne le serait jamais. Et c'était effrayant ! Bien trop pour elle… Sa vie banale même dans le divorce ne demandait qu'à le rester !

Payant le taxi, Lisa traversa le trottoir rapidement et se réfugia chez elle. Fermant sa porte à double tour, comme si elle tentait de verrouiller son cœur par la même occasion. Elle posa son paquet sur la table de la cuisine pour se diriger ensuite vers le salon. S'agenouillant, elle tira sous la table basse qui lui servait aussi de bar, une bouteille de whisky qu'elle réservait lorsqu'elle recevait quelques invités-surprises.

L'alcool la fit tousser bruyamment. Franchement, elle ne devrait plus boire de toute sa vie, cela ne lui réussissait pas. Ensuite, elle resta immobile dans son salon. Son regard fit le tour de ses meubles et de sa décoration pour s'arrêter à la console de jeu de son fils. Le souvenir de la soirée chaleureuse de la veille lui revint en mémoire.

Et aujourd'hui, elle était toute seule. Le vide lui parut immense. Non, c'était stupide ! On ne pouvait pas ressentir ce genre de vide en quelques heures à peine. Lisa se décida de ranger le sac de provisions, inutile de rester planter comme une imbécile. Après, elle se projetterait une comédie romantique… avec un homme et une femme. Son rêve de trouver le bonheur dans les bras d'un mâle avec qui elle pourrait être heureuse…

Prenant le téléphone, elle composa le numéro de sa belle-mère pour prendre des nouvelles de ses enfants. Tant pis si elle les avait eus à sa pause de midi, là... elle avait besoin d'entendre des voix amicales.

Marya fit rapidement le tour du hall où se trouvait la Française quelques minutes auparavant, mais ne la trouva nulle part. Elle retrouva Eva qui la rejoignit visiblement soucieuse. Son regard était sombre.

— Je ne l'ai trouvé nulle part...

— A-t-elle un portable ?

— Oui, mais je ne connais pas son numéro. Nous sommes collègues, mais pas amies au point de nous échanger nos téléphones apparemment, ironisa Eva. Je suis désolée... ajouta la vendeuse.

— Désolée ? reprit Marya sans comprendre.

— J'ai voulu faire comprendre à Lisa qu'elle tombait amoureuse de vous... je me suis un peu moquée d'elle cet après-midi, je me suis invitée... tout ça parce que j'étais jalouse d'une part, mais aussi parce que... jamais elle n'aurait fait le rapprochement entre ses véritables sentiments et enfin, voilà le résultat. Elle s'est enfuie.

Marya soupira et repoussa avec grâce une mèche qui tombait devant ses yeux. Après quelques secondes de silence, elle avoua à son tour.

— Moi aussi, j'ai cherché à la rendre jalouse. Lorsqu'elle est là, je n'agis pas de manière raisonnée. Croyez-vous au coup de foudre ?

— Mon âme d'adolescente y croit encore ! rit ouvertement Eva avant d'arrêter devant l'air perdu de

Marya. Écoutez, je vais essayer d'arranger ça. Je vais lui dire que c'est un malentendu et…

— Non. Je vais la conquérir moi-même. Elle a beaucoup trop d'importance pour moi. Je vous remercie…

— Vous l'aimez à ce point en si peu de temps ? C'est vraiment un coup de foudre ? demanda Eva abasourdie.

Le regard mordoré s'alluma d'une flamme nouvelle. Marya serra contre elle son sac en papier.

— Je vous remercie…

Eva ne répondit pas, ses yeux suivaient à présent cette silhouette distinguée. Son regard devint flou… Lester et elle, c'était loin d'être la même chose. Son regard s'attarda sur les décorations trop lumineuses et criardes. Cette débauche de bons sentiments l'énervaient tout à coup.

Marya resta quelques secondes à observer l'immeuble avant d'oser entrer. Son cœur n'en pouvait plus de battre la chamade. Mais qu'elle pouvait être bête ! Elle avait remarqué les regards noirs que lui jetait la brune. Cela n'avait eu pour effet que de l'exciter… pouvoir provoqué de la jalousie chez une femme comme elle… et voilà, au lieu d'obtenir une déclaration enflammée, elle se trouvait derrière une porte close qui ne s'ouvrirait certainement pas. Mais si elle n'essayait pas, elle le regretterait toute sa vie, de ça elle en était sûre.

Prenant une profonde inspiration, elle sonna pour que Lisa l'entende. Comme de bien entendu, cette dernière resta sourde. Se mordillant la lèvre inférieure, Marya retenta d'appuyer sur la sonnette, mais elle ne reçut pas plus de réponses. Sa main se posa à plat contre la porte qui ne s'ouvrait toujours pas.

La mort dans l'âme, elle quitta les lieux. Peut-être que tout ceci était voué à l'échec depuis le début finalement... Marya se détourna et prit l'escalier au lieu de l'ascenseur, besoin de réfléchir... Le visage de la Française la poursuivait, tantôt souriant et ouvert, tantôt méfiant ou encore noir, une expression dure sur le visage. Elle ne pouvait pas forcer quelqu'un à l'aimer, et encore moins si cette personne n'était pas du même bord qu'elle.

Marya eut mal à l'intérieur d'elle-même. Sa sexualité elle l'assumait, depuis qu'adolescente elle s'était découverte homo. Elle faisait en sorte depuis de ne pas souffrir. En définitive, Marya s'aperçut qu'elle ne s'était jamais investie dans aucune relation par rapport à cette peur latente. Finalement, elle ne valait pas mieux que Lisa... qui elle avait de réelles raisons d'avoir peur, puisque les relations entre femmes lui étaient inconnues.

Qu'allait-elle faire à présent? Rester là à ne rien faire? Toujours fuir? Aussi bien Lisa... que toute autre femme qui se présenterait dans sa vie, pour ne pas avoir mal. Marya posa une main sur son cœur... En dehors de l'immeuble, la jeune femme remarqua les flocons de neige. Levant les yeux vers le ciel gris foncé d'où les aigrettes glacées semblaient tomber d'une hauteur vertigineuse dans l'entonnoir en perspective que formaient les immeubles.

Ses pas la ramenaient jusqu'à chez elle, les yeux perdus dans le vide, la tête penchée en avant, évitant à la dernière seconde les obstacles qui se dressaient sur sa route. Finalement, cela ressemblait assez à sa propre vie, aucun horizon... aucune perspective d'avenir, juste vivre l'instant présent sans se poser trop de questions, sans souffrir aussi...

Est-ce que certaines choses valaient la peine que l'on se batte pour elles ? Marya eut beaucoup de mal à s'endormir cette nuit-là à regarder son plafond. Le désir qu'elle ressentait pour Lisa était réel. Comment ferait-elle l'amour à une personne apeurée ? Sa gorge se noua et finalement elle sombra dans un sommeil agité.

Milieu d'après-midi, le 22 décembre 2002, New York.

La boutique de luxe était pleine et Lisa eut beaucoup de mal à faire face aux commandes le matin même, mais en plus avec la charge du salon de thé l'après-midi, sa journée lui en parut interminable. Bien qu'en même temps, le temps lui parut trop court. Ce paradoxe ne la gênait pas, cela lui occupait l'esprit. Deux nuits qu'elle ne dormait pas après tout… et tout ça, à cause d'une certaine blonde !

Eva avait bien essayé de lui parler, mais à chaque fois qu'elle amorçait une conversation, elle se murait dans le silence et plantait son amie sur place. Une sorte de terreur rampait dans son bas-ventre, à l'idée que l'on puisse la mettre devant le fait accompli. Il n'y avait pas de choix possible. Elle ne pouvait pas tomber amoureuse d'une femme !

Toute à ses pensées, elle s'avança à une table où un couple venait de s'installer. Elle sortit son calepin et demanda respectueusement avant de lever les yeux vers ses interlocuteurs.

— Avez-vous choisi ?

Lisa devint livide. Le regard mordoré qui la poursuivait depuis deux nuits se trouvait là, devant elle.

— Oui, personnellement j'ai choisi… et toi Lester ?

Tournant un visage surpris vers l'homme assis en face de Marya, Lisa rencontra le visage d'un homme d'une trentaine d'années tout au plus. Ses traits étaient fins, si ce n'est le nez écrasé certainement par un objet contondant sur le haut de l'arête, mais qui ne gâchait en rien la beauté première.

Les vêtements de l'homme étaient ceux d'un adolescent, entre le t-shirt d'AC/DC et la chemise à gros carreaux par-dessus, le jeans se devinait troué à plusieurs endroits, la jambe qui dépassait de la nappe le montrait en plus d'une chaussure de sécurité noire à lacet blanc.

— Vous auriez du pudding? demanda l'homme en substance.

— Nous ne faisons pas ce genre de pâtisserie, Monsieur.

— Laisse-toi tenter par un autre dessert pour une fois, suggéra Marya amicalement.

— Y'a rien qui m'tente !

— Mis à part le pudding, intervint Lisa calmement, aimez-vous autre chose ?

L'homme la méprisa du regard, Lisa compta dans sa tête. Si seulement elle pouvait laisser Eva s'en charger.

— La tarte aux pommes ! Mais ça, j'doute que vous en ayez ici.

— Nous en avons, sourit Lisa ravie que le Chef conserve les recettes traditionnelles sur sa carte.

— J'en veux une bonne part, Madame ! demanda jovialement Lester tout à coup tout sourire.

— Très bien… et vous, Madame ? demanda Lisa en se tournant vers Marya.

La gorge de la serveuse se noua. L'expression «

dévorer du regard » venait de prendre tout son sens pour elle. Ses joues se marbrèrent et un profond sentiment de gêne la gagna.

— Si je vous demandais un rendez-vous, cela me serait refusé ?

— Oui. Que prenez-vous ? répéta Lisa angoissée.

— Un finger pamplemousse et un chocolat chaud.

Lisa allait ouvrir la bouche, mais Lester reprit la parole.

— Moi aussi, Madame… pour le chocolat.

— C'est noté !

Disparaissant très vite, elle passa commande des deux chocolats et envoya sa commande pour la tarte aux pommes et le finger pamplemousse. Ses mains tremblaient tellement qu'elle songea qu'elle renverserait le plateau avant même d'arriver à la table.

— Tu vas bien Lisa ?

Se tournant comme un lapin prit sous les feux des projecteurs, Lisa avoua.

— Non, je n'y arriverais pas.

— À quoi ?

— À servir la table 16.

Eva fronça légèrement les sourcils. Elle s'occupait de la caisse et non de la salle, donc ignorait ce qui pouvait bouleverser son amie à ce point. Quoique… un doute effleura son esprit.

— Pourquoi tu ne lui parles pas ? proposa Eva en se fiant à son intuition.

— Parce que ! répondit sèchement Lisa.

— Cela te permettra d'y mettre un point final. Tu

sais, tu fais ce que tu veux, mais réfléchis bien à ce que tu veux dans la vie.

— Un homme !

— Pourtant, je ne t'ai jamais vu avec un tel sourire en compagnie d'un homme, comme tu dis.

— Oui, ben le tien se trouve à la même table !

— Quoi ?

— Ils sont venus tous les deux…

— Mais… mais…

— Je prends ta place, tu prends la mienne… suggéra Lisa.

Eva observa son amie, et faillit être tentée d'échanger leurs places. Toutefois, elle lui tapota l'épaule et déclara.

— Tu vas te débrouiller toute seule comme une grande !

Parker rappela les deux femmes à l'ordre et Eva regagna son poste sans un regard en arrière. Lisa jeta un coup d'œil à son plateau et respira à fond plusieurs fois, avant de se diriger vers la table où se trouvait le couple.

Prenant son temps pour placer le plateau sur la table trois minutes plus tard, Lisa prit soin d'éviter les yeux de Marya. Sa voix la fit trembler.

— Si tu as peur à ce point, c'est que tu n'es pas si indifférente… Pourquoi es-tu partie comme tu l'as fait ? Pourquoi ne m'as-tu pas ouvert la porte ? Je n'avais rien fait pour que tu me laisses comme ça.

Lisa leva les yeux vers sa cliente et malgré les coups sourds dans sa poitrine, elle répondit avec détachement.

— Je pensais que votre orientation ne m'indisposait pas, mais je me trompais lourdement. Je ne souhaite plus vous voir. Alors, veuillez me laisser tranquille.

Sans attendre de réponse, Lisa regagna son service. Jamais plus, elle n'osa jeter un œil à la table. Bien que lorsqu'elle se dirigea vers la table 15 un peu plus tard, le couple avait disparu. Rapidement, elle débarrassa la table et remarqua le généreux pourboire qui s'y trouvait. Lisa le ramassa morte de honte devant son comportement à deux balles !

La journée touchait à sa fin, et Lisa sortit sous la neige en compagnie d'Eva qui restait étrangement silencieuse.

— Tu sais quoi ?

— Non, mais je vais le savoir, sourit Lisa.

L'Américaine repoussa des flocons qui avaient élu domicile sur les boucles brunes qui dépassaient de son chapeau.

— J'espérais voir Lester pendant deux jours ou trois je ne sais plus, style, je crois au coup de foudre moi aussi. Je l'aimais bien parce qu'il change des gars prétentieux, en costume avec lequel je sors habituellement. Tu comprends ça avait un côté exotique. En fin de compte, je crois que je suis incapable de savoir ce que je veux vraiment. Je dois faire partie des égoïstes qui aiment qu'on les aime… mais qui ne donne rien en échange, si ce n'est qu'une illusion de sentiment. Enfin… un peu comme si on comparait la foudre avec un coup de jus.

— Quelle comparaison.

— Je t'enviais… je t'enviais parce que cette fille te couve du regard, et t'aime sans se poser de questions ou certainement pas celles que je me pose. Et aussi… même si tu te caches, j'ai bien compris pourquoi tu me lançais ces regards assassins. C'est ce genre de chose que j'aimerai connaître et je ne pense pas que cela se produira. Je finirai par rencontrer un brave type un jour… mais pas ce que tu as la chance de vivre. Moi, je ne le gâcherai pas.

— Même si c'est avec une femme ? ironisa Lisa.

— Homme, femme… je m'en moquerai. Même si c'est une passion qui ne dure qu'une semaine, je la vivrai parce que je suis sûre d'une chose, cela ne se présentera peut-être qu'une fois dans ma vie.

— Que feras-tu lorsque ton cœur sera en miette après ça ? fit douloureusement Lisa.

— Tu te reconstruis. Tu sais Lisa, l'amour… ce n'est pas ce doux sentiment merveilleux qui te berce… l'amour, ça fait mal et c'est incertain. C'est un bien étrange sentiment à mon avis, éclata de rire Eva. Tu en meurs lorsque tu ne le vis pas, et tu le détestes parce qu'il peut te détruire…

— Tu en parles bien pour quelqu'un qui ne l'a pas connu.

— Moi non, mais combien en ai-je vu autour de moi devenir fou à cause de lui ? Je t'aime bien Lisa, tu es une de mes meilleures amies.

— Tu me fais une déclaration ? essaya de se moquer la Française sur la défensive.

— Peut-être ! rit l'autre. En fait, réfléchis bien… Quelquefois, tu ne te sens pas toute seule dans cet appartement ? Et puis, Lucas fermerait son claque-merde avec une femme pareille à ton bras. Sa copine est jolie, mais elle n'a certainement rien à voir avec Marya… qui est en plus très gentille. Tu sais que tu peux compter sur elle, contrairement à ton ex.

— Oui… enfin, je ne sais pas, murmura Lisa en comparant mentalement le comportement de Lucas au début de leur relation et à la fin.

— Pourquoi ne pas démarrer amies ?

— Ce n'est pas avec toi que je dois en parler Eva...

— Si je te laissais faire, tu te murerais dans ta précieuse tour d'ivoire. Vous êtes compliqué, vous les Français ! Vous ne savez jamais ce que vous voulez. Vous parlez d'amour, mais vous le fuyez à la moindre difficulté. Enfin, ce que j'en dis... il est vrai que ceci ne me regarde pas.

— Oui et bien, je verrai bien... Il n'y a pas que moi dans cette histoire.

Eva détourna brutalement la conversation pour s'extasier devant la vitrine d'une bijouterie.

— Oh, regarde Lisa cette bague ! Elle serait parfaitement assortie à mon bracelet !

Lisa jeta un œil et observa le bijou avec un intérêt superficiel. Elle venait de vivre la conversation qu'elle fuyait depuis le début. À croire qu'elle avait besoin d'eau à son moulin.

Plus tard assise sur une chaise de sa cuisine, elle dégusta seule son chocolat. Il lui parut beaucoup moins savoureux que quelques jours auparavant. Son esprit vogua vers ses enfants et son ex-mari. Quelles seraient leurs réactions si elle leur apprenait qu'elle était tombée amoureuse d'une femme ?

Son estomac se tordit à cette réflexion. Pourtant, il s'agissait bien d'un vrai coup de foudre. Et puis, avec Marya, la vie paraissait plus amusante... pétillante... oui, quelque chose avait changé en quelques petits jours ? Quelques minutes ? Secondes ? Le temps d'un regard...

Chapitre 5 : Franchir le pas.

• •

10 h 30, le 23 décembre 2002 — New York.

La boutique s'anima avec l'arrivée des premiers clients et le sourire de Lisa s'agrandit. Les lustres à papilles faites de cristaux transparents projetaient avec l'éclairage des ampoules une lumière orangée et brillante dans la pièce.

La Française traversa la salle en compagnie de sa cliente pour l'installer à une table un peu à l'écart et lui présenta quelques minutes plus tard un assortiment de boîtes diverses et variées qui la laissa songeuse durant quelques secondes.

Autour d'elles les clients se pressaient vers les comptoirs pour passer commande à la dernière minute ou pour récupérer des paquets soigneusement enveloppés. Lisa ne savait pas pourquoi, mais tout lui semblait beau et lumineux.

Après la pause déjeuner, Eva la rejoignit et demanda suspicieuse.

— Tu as l'air heureuse, quelque chose s'est encore passé ?

— Va se passer, rectifia paisiblement Lisa.

— Va se passer ? répéta lentement Eva en plissant les yeux.

— Oui.

Un petit silence s'installa comme si Lisa laissait à Eva le temps de comprendre le sens de ses paroles. Cette dernière haussa les sourcils et interrogea son amie, un doute dans la voix.

— T'as l'intention de te déclarer ?

— Un peu ça... en fait, c'est... c'est le fait que nous pourrions commencer comme amie, tu vois.

— Oui... je vois. J'espère qu'elle acceptera, parce qu'au vu de ton comportement, personnellement j'aurais de sacrés doutes.

— Tu es avec moi ou pas Eva ? questionna agacée Lisa à présent envahie d'une brusque incertitude.

— Oui, oui... et tu vas faire comment ? Tu as son adresse ? Son numéro de téléphone ?

— Non.

Eva posa une main sur l'avant-bras de la Française et demanda inquiète.

— Mais... comment vas-tu faire ?

— Je sais qu'elle se produit actuellement au Don't

Tell Mama.

— Oh vraiment ? Tu sais que c'est une boîte gay ?

— Ah ?

Lisa réfléchit quelques secondes et haussa les épaules.

— Je m'en fiche.

— Ah vraiment ?

— Tu es libre ce soir ?

— Pardon ?

La Française se rongea son pouce et demanda légèrement gênée.

— Je ne me vois pas y entrer toute seule… et comme c'est une boîte gay, nous pourrions y aller ensemble, proposa Lisa en les désignant toutes les deux de son index. S'il te plaît ! implora la Française en voyant l'air méfiant d'Eva.

— Bon… je n'ai rien de prévu, capitula la vendeuse. Mais c'est bien parce que je me sens responsable de tout ce qui arrive.

— Responsable ?

— J'ai fait exprès de te rendre jalouse… Tu ne te rends pas compte à quel point ton regard devient assassin lorsqu'on approche d'un peu trop près ton amie…

Rougissant sous la remarque, Lisa se détourna légèrement en repoussant des mèches qui n'en avaient pas besoin. Elles retournèrent à leur travail silencieusement. L'après-midi passa rapidement et au moment de quitter la boutique Lisa et Eva se donnèrent rendez-vous une heure et demie plus tard devant le club.

Le trajet fut relativement court jusqu'au Don't Tell Mama. Lisa serrait contre elle sa pochette lamée argentée. Ses mains tremblaient, et sa décision même si elle avait été mûrement réfléchit, la faisait trembler de peur. Regretterait-elle de se lancer dans une aventure pareille ? Son ex et ses enfants... que penseraient-ils d'elle ?

Repoussant ses craintes, elle paya la course et descendit avec précaution sur le trottoir, ses pieds lui rappelaient avec une certaine force qu'il n'y avait pas si longtemps, ils avaient été piétinés et que les escarpins bleus qui possédaient un talon de onze centimètres, les achevaient pour le reste de la semaine.

Se redressant de toute sa taille, et avec une grâce qu'elle espérait naturelle, Lisa remonta le trottoir et trouva au premier coup d'œil sa collègue qui faisait le pied de grue près de l'entrée principale. La Française s'arrêta devant elle.

— Je n'ai pas été trop longue ?

Eva leva les yeux vers son amie et resta bouche bée. Clignant des yeux, elle murmura.

— C'est bien toi, Lisa ?

— Qui tu veux que ce soit d'autre ?

— Eh bien... t'as mis le paquet pour la séduire...

— J'espère que tu as raison, parce que là, je n'ai qu'une envie c'est de fuir...

Lisa jeta un coup d'œil hagard autour d'elle et sursauta lorsqu'Eva lui attrapa le bras et déclara péremptoire.

— Pas question ! Tu es beaucoup trop belle... et tu y es presque. Allons-y !

Hochant la tête, Lisa entra avec à son bras Eva, qui se comportait telle une petite amie. Elle adressa un sourire coquin à sa collègue qui pâlissait à vue d'œil au fur et à mesure de leur progression dans le club. Lisa nota que tous les couples étaient soit gay, soit lesbiens… son cœur battait comme un fou et elle se sentait ridicule à présent dans sa robe un peu trop ajustée.

Et si elle se trompait ? Comme au ralenti, elle s'accouda au bar, les jambes flageolantes. Eva commanda un Mojito et elle en fit de même. Un verre d'alcool lui ferait le plus grand bien, quoiqu'elle s'était promis de ne plus boire… encore une promesse électorale non tenue, soupira-t-elle dans son for intérieur.

Son regard erra sur la salle qui se remplissait. L'ambiance était chaleureuse et bon enfant. De voir des couples de mêmes sexes s'embrasser librement ou se comporter comme n'importe quel couple hétéro en pleine rue, la déconcerta sur le coup pour vite rentrer dans ses mœurs.

— C'est quand même marrant ce genre d'endroit ! s'exclama Eva à ses côtés. En fait, j'ai toujours voulu y venir, mais j'n'osais pas… tu parles avec qui venir ?

— Tu ne vois pas Marya ? demanda Lisa inquiète.

— Si elle se produit sur scène cocotte, je pense qu'elle ne doit pas être en salle. Il va falloir patienter avant de pouvoir lui parler. Tiens, bois ton verre en attendant.

Lisa se saisit son Mojito et le sirota. Elle écoutait d'une oreille distraite Eva qui se collait à elle, pour indiquer à toutes les femmes présentes qu'elle n'était pas libre. Quelque part, Lisa faisait de même, n'ayant pas très envie de se faire accoster par toutes ces inconnues.

Le spectacle débuta alors qu'elle reposait son verre. Un travesti investit la scène et commença son numéro sous les applaudissements nourris de la foule. Puis, se succédèrent de nombreux numéros jusqu'à l'intervention de Marya.

Lisa se redressa brusquement en l'apercevant. Moulé dans une robe rouge à paillette, rien de son anatomie n'était ignoré. Les cheveux tirés en arrière dans un chignon-boule, son visage était mis en valeur par un maquillage mettant en avant ses yeux mordorés et sa bouche pulpeuse.

Plusieurs femmes se déplacèrent vers la scène lorsque la voix chaude et sensuelle de la chanteuse résonna pour chanter Don't Speak façon jazzy. Lisa laissa ses mains descendre le long de son corps, abandonnant son attitude crispée pour se concentrer sur la silhouette de Marya. Les paroles ne l'atteignaient pas vraiment, seule comptait l'expression du visage de cette femme incroyablement belle.

Comment en était-elle arrivée à l'aimer ? Et aussi vite ? Les moments partagés avec la chanteuse lui revinrent en mémoire… Lisa ne s'était pas amusée ainsi depuis un long moment. Si longtemps en fait, qu'elle était incapable de retrouver la moindre trace dans sa mémoire. Elle devait la revoir…

Quittant son poste d'observation, Lisa se dirigea vers le couloir qui semblait mener vers le service du personnel. Une main la retint fermement.

— Hey ! Lisa qu'est-ce que tu fais là ?

— Je vais rejoindre Marya dans les coulisses…

— Non, mais attends ! Tu ne vas pas y aller comme ça ? Tu crois qu'ils vont te laisser passer ? T'es folle ? Et tu ne vas pas me laisser ici toute seule ?

Lisa remarqua le frisson d'effroi de son amie, mais pour l'instant ses angoisses elle s'en moquait. Il fallait qu'elle parle à Marya… là tout de suite ! C'était urgent et Eva la retenait. Son regard se baissa vers la main qui serrait encore son avant-bras.

— Écoute Eva, je dois y aller… je ne sais pas si elle va partir après son concert ou se joindre à la foule… ce qui m'étonnerait. Alors, s'il te plaît… laisse-moi aller la voir.

— Lisa… ne me laisse pas toute seule.

— Eva… je n'en ai pas pour long. Je reviens aussi vite que je peux, mais laisse-moi au moins un petit quart d'heure. Ils ne vont pas te violer non plus.

— C'est une boîte gay ! lança Eva.

— Tu ne sais pas te défendre contre une femme ? s'amusa faussement Lisa qui jeta un œil autour d'elle essayant de voir qui pourrait en vouloir à la vie de son amie.

Le silence qui s'abattit entre elles, lui fit baisser le regard sur son interlocutrice. Eva arborait toujours une attitude anxieuse et Lisa allait capituler sentant le remord la grignoter, mais son amie soupira fataliste.

— Essaye de revenir aussi vite que tu le peux ! Comme si ta vie en dépendait.

— Promis.

Lisa quitta les lieux en laissant Eva après un dernier regard scrutateur. Cette dernière se dirigeait vers le bar, affichant une attitude décontractée, certainement bien loin de ses propres sentiments. Oubliant le reste, Lisa se dirigea vers la porte du personnel.

La loge grouillait d'activité et Marya se pencha en avant pour laisser passer un travesti encombré de plumes, puis se redressa pour enfiler son pull. Après avoir attaché ses cheveux par un élastique, Marya attrapa sa veste et lança à la cantonade.

— Bonne soirée tout le monde… je vous dis à après les fêtes. Et n'abusez pas !

— À croire que toi, tu es toujours raisonnable, minauda Claude en cachant le bas de son visage avec sa main.

Marya lui tira la langue et s'échappa de la loge où la chaleur due à la promiscuité lui donnait la nausée. Traversant le couloir qui permettait de prendre la sortie à l'arrière du bâtiment, Marya se figea. Cette voix…

Se précipitant vers le chahut, Marya se figea en voyant Lisa se battre avec un vigile du Don't Tell Mama. Abasourdie, la chanteuse bougea lorsqu'elle vit Maxime repousser un peu trop violemment la vendeuse d'un geste brusque.

— Mais je vous dis que je n'en ai pas…

— La ferme ! Ici, il n'y a que les artistes qui entrent ! Si c'est pour les emmerder, tu restes bien sagement dehors ou je risque de m'énerver.

— Espèce de…

La jeune femme avait levé sa pochette en argent qui brilla légèrement sous le reflet de la lune. La colère et les larmes brouillaient son visage.

— Lisa ?

Lisa leva les yeux vers Marya et fut renversée par le vigile qui n'éprouva brutalement plus aucune résistance, Maxime bascula, entraînant Lisa dans son sillage. Un sinistre craquement de tissu se fit entendre, et un « aïe ! » retentissant conclut la chute du couple. Marya se précipita après être restée figée durant quelques secondes de stupéfaction.

— Lisa ! Maxime ! Vous allez bien ?

Pour seule réponse, un ouilleouilleouille, se fit entendre. Le vigile se redressa rapidement et s'agenouilla pour aider la Française qui repoussa son aide visiblement furieuse. D'ailleurs, elle l'injuria en français et la réponse ne tarda pas. Marya laissa les deux compatriotes s'envoyer des noms d'oiseaux au vu de leur expression.

— Lisa, qu'est-ce que tu fais ici ?

La jeune femme leva les yeux vers elle et brutalement elle devint très pâle. Marya s'inquiéta à nouveau. Que lui arrivait-il ? Elle se pencha pour l'aider.

— Mets-toi debout Lisa, il fait froid sur le sol, il est encore plein de neige… Tu as mal quelque part ?

— Non… enfin si un peu… aux fesses…

D'une main sûre, Marya redressa Lisa qui hurla une fois debout, faisant sursauter la chanteuse.

— Ma robe !

Marya se recula et ses yeux s'arrondir de surprise. La robe bleue ajustée était fendue sur la moitié du tissu dévoilant les sous-vêtements en satin. La Française abattit les pans de tissus devant elle, mais n'y parvint pas.

— Alors là… murmura Marya. Écoute Lisa, suis-moi. Maxime, je fais entrer ma petite amie, alors… soit discret d'accord ?

— Elle ne pouvait pas le dire cette dinde qu'elle sortait avec toi ?

— Vous m'auriez cru, espèce d'orang-outan ? répliqua cinglante Lisa en le foudroyant du regard.

— Lisa, viens… tu vas vraiment tomber malade.

Lisa suivit Marya en silence et se rendit compte

soudain de sa situation. Elle se tenait là devant elle, en conservant sa main dans une des siennes pour l'entraîner, elle ne savait où. Une légère rougeur envahit ses joues. Qu'allait-elle lui dire ?

Brusquement entourée d'hommes et de femmes costumés, Lisa arrondit les yeux en les regardant se déshabiller sans complexe aucun, riant et échangeant d'une manière animée sur les fêtes à venir. Une femme s'approcha d'elles, préoccupée.

— Tu es revenue Marya ?

— Oh Claude ! Tu tombes bien. Tu n'aurais pas des vêtements à me prêter ou plutôt pour Lisa. Maxime l'a fait chuter et sa robe a craqué.

— Oh ! Mon pauvre chou ! s'exclama la belle brune en ayant l'air catastrophée. Vous n'avez rien au moins ? Maxime peut être une vraie brute !

— Elle va bien, c'est juste que… sa robe est vraiment abîmée.

— Lève-toi pour voir ! invita Claude.

Lisa se leva rougissante une nouvelle fois et ses doigts abandonnèrent les pans qu'ils tenaient crispés depuis quelques minutes. Devant l'air ahuri de tous les saltimbanques présents, la robe s'écarta en grand laissant voir ses sous-vêtements. À la grande surprise de Lisa, Marya se plaça devant elle, la cachant au regard des autres.

— Le spectacle est terminé ! lança-t-elle à la ronde.

— Je peux lui prêter une de mes robes, proposa une femme en s'approchant. À vu d'œil, je dirai que je dois avoir les mêmes mensurations.

— Tu as pu voir ça en moins de deux secondes Tisha ? demanda Marya agacée.

— J'n'ai pas besoin de plus pour évaluer la marchandise, ricana la danseuse. Bon pour en revenir à nos moutons, j'ai toujours des vêtements de rechange au cas où... Ta copine n'aura qu'à me les rendre demain. Au fait, elle s'appelle comment ton faon effarouché ?

— Pardon ? chuchota Lisa.

— Lisa et ne t'avises pas de poser tes doigts dessus. En tout cas merci pour ton aide.

Lisa qui avait rentré la tête dans ses épaules se détendit un peu en voyant un jeans et un t-shirt à longue manche tout à fait commun. Loin de s'effaroucher de se trouver le point de mire, Lisa prit sur elle et se changea avec un air tout aussi dégagé que les autres. Et en fait, plus personne ne faisait attention à elle, sauf Marya.

Elle ne la quittait pas des yeux. Son regard interrogateur la transperçait, voyant qu'elle cherchait des réponses, Lisa toussa avant de s'exprimer la gorge nouée.

— Je suis désolée pour la dernière fois.

— Nous en reparlerons plus tard Lisa... je... je suis vraiment contente de te voir.

Surprise, Lisa leva les yeux vers Marya qui repoussa une de ses mèches. Le geste était tendre, cela en fit cligner des yeux Lisa qui ne s'y attendait pas.

— Viens on rentre !

— Euh... je suis venue avec Eva, et je lui ai promis de venir la rechercher rapidement... et ça fait au moins trois quarts d'heure que je suis partie.

— Allons la retrouver alors.

Lisa emboîta le pas à Marya qui se saisit à nouveau de sa main. Voyant la Française se crisper, Marya déclara sombrement.

— Le club doit être noir de monde à présent. Il vaut mieux que je te tienne la main pour ne pas qu'on se perde.

Et Lisa vérifia rapidement la véracité de ses paroles. Une foule dense se pressait sur les pistes. Pour ne pas perdre le contact avec Marya, Lisa se colla à elle, son regard fouillant les danseurs.

— Tu l'as laissé où ? cria Marya pour se faire entendre de Lisa.

— Au bar !

Sans ajouter une parole, elles bifurquèrent vers le comptoir où s'accrochaient quelques couples ou des célibataires serrant nerveusement leurs verres entre leur doigt attendant « la proie » avec qui ils finiraient la soirée.

Lisa était bousculée et oppressée, mais fut soulagée de trouver rapidement Eva en grande discussion avec un groupe d'hommes. Elle arrondit les yeux en voyant la tenue décontractée de Lisa.

— Mais qu'est-ce qui est arrivée à ta robe ?

— Je t'expliquerai demain ! cria Lisa. Je… je rentre !

— Ah bon ? Moi je reste finalement… tu peux rentrer.

Lisa haussa les sourcils et insista.

— Tu es sûre ?

— Je crois que tu as mieux à faire ce soir, que de devoir me tenir compagnie. Allez, passe une bonne soirée et bon week-end !

Clignant des yeux plusieurs fois, Lisa ne sut quoi dire. Une pression douce autour de ses doigts l'interpella, se tournant vers Marya, cette dernière lui adressa un sourire et l'invita à sortir en lui désignant la porte du doigt. La vendeuse se contenta d'un hochement de tête.

Une fois dehors, Marya ne lui lâcha pas la main et se tourna vers elle, le visage interrogateur.

— Pourquoi es-tu venue jusqu'ici ? Je pensais que… tu ne supportais pas les gens comme moi.

— Je… enfin…

Lisa rit de sa gêne, et commença à se tortiller mal à l'aise. Son regard fuyait celui de son interlocutrice, ne sachant pas très bien par où commencer. Un doigt se logea sous son menton et Lisa dut affronter le regard de Marya.

— Dis-moi simplement pourquoi…

— Je…

Lisa prit une grande respiration et lança d'un seul jet.

— En fait, j'étais folle de rage que tu puisses t'intéresser à une autre femme que moi, et c'est idiot parce que je ne m'intéresse pas aux femmes moi-même. Et puis, c'est encore plus stupide parce que cela ne fait pas longtemps que nous nous connaissons… et je voulais m'excuser et j'avais préparé un discours, mais j'ai tout oublié… tout… tout ce que je souhaite… ralentit soudain la jeune femme. C'est de ne plus être seule, je… je me sens ridicule… je voulais seulement te revoir.

Se sentant brutalement larguée, Lisa éclata en sanglots par le flux d'émotions contradictoires qui l'envahissait. Elle cacha sa tête dans sa main. Deux bras s'enroulèrent autour de ses épaules et une odeur agréable et sucrée de vanille emplit ses poumons. Des lèvres caressaient sa tempe et la voix calme de Marya souffla contre son oreille.

— Tu sais, moi aussi j'ai peur…

Relevant brutalement la tête, Lisa croisa les yeux mordorés. Marya était émue, elle aussi.

— C'est vrai ?

— Tu crois quoi ? Moi, je ne suis jamais sortie avec une hétéro. Habituellement, je vous fuis comme la peste. Je n'aime pas avoir mal, en fait je déteste ça. C'est... ça me fait peur.

— Moi aussi...

Lisa prit une grande inspiration et proposa tout de go.

— Nous pourrions continuer tout doucement comme des amies, comme nous l'avons fait jusqu'ici...

— Tu es sûre ? Tu ne vas pas être dégoûtée ? interrogea Marya qui n'en croyait pas ses oreilles.

Marya eut une expression indéchiffrable durant quelques secondes, comme si elle réfléchissait. Son expression était grave et elle ne prenait pas les choses à la légère.

— Nous irons à ton rythme... mais sache une chose, je te désire tout autant que je t'aime, alors... alors, réfléchi bien aux conséquences de tes paroles. Ne me fais pas miroiter quelque chose que je ne pourrais jamais obtenir.

Alors que la neige tombait à nouveau autour d'elles, toujours enlacée étroitement, Lisa sentait son cœur battre follement. Sa peur la quittait, peut-être à cause de l'atmosphère ou peut-être parce que Marya était sûre d'elle ? Lui transmettant une espèce de confiance intangible... Lisa comprit que cette femme ne la ferait pas souffrir. Toute sa vie amoureuse défila devant ses yeux et il était bien loin le temps de l'insouciance...

Sans réfléchir, Lisa ferma les yeux et se pencha en avant pour poser un baiser bref sur les lèvres de Marya. Elle rouvrit les yeux étonné par son propre geste, gênée par son audace, Lisa en rougit jusqu'à la racine des cheveux. Marya observa le visage de la Française et une envie folle de lui reprendre ses lèvres la tenaillait. Visiblement, Lisa était bouleversée.

— Je peux t'embrasser à mon tour ? chuchota Marya.

— En pleine rue ?

Un petit sourire plissa les lèvres de la chanteuse.

— Que viens-tu de me faire ?

Lisa toussota pour masquer son embarras.

— Un tout petit alors...

Marya faillit éclater de rire, mais s'en abstint. Elle se pencha et frôla les lèvres de Lisa qui réagit en avançant les siennes, mais Marya se rétracta. Une de ses mains se glissa autour de la nuque gracile de sa partenaire, elle apprécia la douceur des cheveux. Voyant l'air surpris de Lisa, elle chuchota alors qu'elle posait son front sur le sien.

— Je crois que si je commençais à t'embrasser réellement, je serais bien incapable de m'arrêter. Rentrons, je commence à avoir froid.

Lisa ouvrit la bouche pour protester, mais Marya s'était éloignée et hélait un taxi. Observant la silhouette féminine devant elle, Lisa s'aperçut qu'elle avait désiré très fort le baiser de Marya. Ses lèvres brûlaient encore du souffle qui avait frôlé sa peau. La chanteuse se tournait vers elle alors qu'elle ouvrait la porte du taxi qui stationnait près d'elle.

— Ne reste pas là Lisa. Viens !

Sans réfléchir, la jeune femme la rejoignit, hypnotisée par le sourire chaleureux dont la gratifiait Marya. La vague sensation de ne plus jamais être seule effleura la vendeuse. Un délicieux frisson la traversait tandis qu'elle s'asseyait sur la banquette arrière. Marya donnait l'adresse et Lisa ne repoussa pas la main qui se saisissait de la sienne pour la presser doucement.

Chapitre 6 : Premiers émois.

. . . .

7 H - 24 DÉCEMBRE — NEW YORK.

Une main aveugle ferma le radioréveil. Soulevant une paupière difficilement, Lisa resta quelques instants l'esprit vide. Il y avait quelque chose d'important… quelque chose qu'elle ne devait pas oublier et qui s'était passé la veille, mais quoi ? Un bâillement vint interrompre sa réflexion. Bah, ça lui reviendrait tôt ou tard…

S'asseyant sur le bord du lit, elle s'encouragea mentalement à affronter sa matinée de travail, son après-midi étant libre. Alors qu'elle se grattait le cuir chevelu, son geste s'immobilisa. Le souvenir de sa soirée lui revenait avec une certaine acuité.

Un soupir franchit ses lèvres. La chanteuse se

moquait d'elle? Lorsque le taxi s'était arrêté devant son immeuble, Marya n'avait pas fait un geste pour la suivre, se contentant de lui donner rendez-vous dans l'après-midi même. Pourquoi? Lisa ne savait pas très bien quelle tête elle avait dû offrir après cette séparation amicale... Elle s'était attendue à plus, comme un baiser...

Se levant pour prendre sa douche, son esprit restait occupé par les sensations qui la parcouraient lorsque Marya l'embrassait. Les bras qui se refermaient sur elle étaient tendres, la bouche était souple et sensuelle, l'étreinte douce... et le corps contre elle... mou! Étrange sensation, si différente de celle qu'un homme pouvait provoquer.

Lisa se sentait frustrée, elle aurait voulu aller plus loin que ces simples effleurements. Un vrai baiser... il serait comment d'ailleurs?

— Merde! jura en français Lisa en sortant de sa douche.

Se voyant dans le reflet de la glace, la jeune femme s'arrêta net. Ses courbes étaient moins généreuses que celles de Marya... Son index effleura sa nuque, mouvement tenant plus du frôlement que d'une caresse. Il dévala vers la clavicule lentement, faisant entrouvrir la bouche de Lisa, soudainement curieuse de la physionomie de son propre corps.

Son doigt glissa vers son sternum pour se trouver logé au creux de ses seins, où il fit une légère halte. Les yeux de Lisa glissèrent vers le globe droit de sa poitrine et l'examinèrent. À son étonnement, l'auréole se rétractait légèrement, provoquant un léger fourmillement dans la zone sensible. Ce fut sa paume qui le pétrit légèrement pour le tester... son pouce titilla le téton qui se dressa. Un léger soupir s'échappa de ses lèvres, alors que sa langue les léchait sans vraiment qu'elle s'en aperçoive, tout comme elle ne remarqua pas qu'elle s'approchait de sa glace pour mieux observer ses réactions.

Est-ce que si elle caressait la poitrine de Marya, elle lui ferait cet effet-là ? Lisa eut chaud brusquement à son entrecuisse, à l'idée de voir cette superbe femme nue, bien qu'elle fronça les sourcils en se comparant immanquablement à elle. Sa main serpenta vers son ventre plat et ses hanches qu'elle caressa, frissonnant au passage. Depuis combien de temps n'avait-elle pas fait l'amour ? Un sacré bail… en fait, elle ne s'en souvenait plus elle-même… des mois, des années… depuis le départ de son ex.

Trop occupée par l'argent, les enfants, sa famille, sa propre situation, elle s'était oubliée en tant que femme avec ses désirs propres, ses aspirations, le plaisir de plaire et de ressentir le frisson de l'aventure. Cela faisait combien de temps qu'aucune main ne s'était glissée entre ses jambes ?

Ouvrant un peu plus la bouche, le souffle plus court, Lisa fit remonter son autre main vers un mamelon pour le taquiner encore, et l'autre dévala vers la toison taillée en triangle, caressant les poils au passage, frissonnant à l'idée de se donner du plaisir… Jamais elle n'avait osé jusqu'ici et son corps le lui fit comprendre, comme si un brasier couvait, attendant une marque de tendresse et de soins pour s'allumer à nouveau… Elle se négligeait depuis trop longtemps.

Son majeur s'immisça entre les lèvres frôlant le clitoris pour descendre toujours plus bas. La sensation était douce et humide entre ses doigts et son corps réagissait à ses attouchements, la faisant frissonner de plaisir. Mordant sa lèvre inférieure, Lisa observa le parcours de son majeur avec attention, excitée par ce qu'elle observait telle une voyeuse découvrant son propre plaisir, sans personne pour la gêner dans son exploration.

Une certaine chaleur s'installa dans tout son corps, son doigt continua son exploration pour chercher à s'introduire dans son vagin, se faisant, elle se pencha légèrement en avant, prenant une pause des plus érotique alors qu'elle s'étudiait toujours au travers du miroir. Ses joues prenaient une teinte légèrement rosée, et la prunelle de ses yeux se voilaient alors qu'une première décharge traversait son corps, son index formait des cercles autour de son clitoris l'éveillant progressivement. Un sourire se forma sur les lèvres de Lisa, combien cette sensation était agréable ! Alors que son majeur s'introduisait à nouveau plus profondément en elle, une sonnerie stridente la sortit de sa transe.

Se redressant à l'affût, Lisa reconnut son téléphone, oubliant totalement ce qu'elle faisait, elle répondit le souffle un peu court.

— Fournery Lisa…

— On peut savoir ce que tu faisais ?

La voix sèche de son ex-mari la fit redescendre définitivement sur Terre. Son corps se crispa.

— L'amour connard !

Un silence s'établit entre eux. Lisa rougit en s'apercevant de ce qu'elle venait de dire. Elle toussa et reprit de manière aussi dégagée qu'elle le put. Un frisson lui rappela qu'elle était nue. Retournant dans la salle de bain, elle se déhancha pour enfiler sa culotte, le téléphone en main.

— Qu'est-ce qui me vaut ton coup de fil de si bonne

heure ?

— Tu as un mec ? Toi ?

Le ton suffoqué de son mari la vexa au plus profond d'elle-même.

— Qu'est-ce que veut dire ce genre de réflexion ?

— Eh bien… qui voudrait d'une mégère dans ton genre ? Aucun homme n'aura la patience que j'ai eue à supporter tes crises de jalousies et…

— Mes crises de jalousies ? Putain ! Mais qui est-ce qui supporterait de porter des cornes sur la tête mesurant plus de deux mètres ? J'ai dû obtenir le titre de la femme la plus cocue de New York grâce à toi espèce de saligaud !

— Surveille ton langage…

— Alors, ne sors pas de conneries plus grosses que toi !

Lisa coinça son téléphone pour enfiler son soutien-gorge et s'enfuir dans sa chambre pour enfiler un jeans et un pull.

— En fait, tu me dis ça juste pour me faire enrager ? rit Lucas comme si Lisa venait de lui lancer une plaisanterie cachée.

— Franchement, tu crois que je m'intéresse encore de savoir ce qui peut ou non te chagriner ? Ne te donne pas plus d'importance que tu n'en as.

— T'es qu'une belle salope…

— Super et c'est la mère de tes enfants…

— C'est pour eux que je t'appelle… coupa Lucas impatient. Emy va retourner dans sa famille et nous aimerions présenter les enfants à ses parents au cours du repas de nouvelle année. Je sais que nous avions prévu que tu les récupérerais pour les fêtes de Nouvel An, mais…

— D'accord.

— Pardon ? sécha Lucas qui s'attendait à une longue dispute.

— Je suis d'accord.

— Attends là, attends… j'ai peur de comprendre. Tu as vraiment un mec ?

— Mais ça te dérange tant que cela que je puisse avoir quelqu'un dans ma vie…

— C'est tellement improbable, excuse-moi d'être surpris, ricana Lucas. Je me demande quel pauvre type voudrait d'une femme qui se néglige comme toi. Tu es devenue l'ombre de toi-même… t'es même plus féminine…

Lisa encaissa ses paroles en silence. Une folle envie de lui balancer qu'il était responsable de son état la démangeait, mais elle ne voulait pas de cela maintenant. Lucas cherchait à lui faire mal, point barre.

— Lucas… tu n'as plus rien à dire sur ma vie, et ce, depuis bien longtemps. Alors maintenant que je suis d'accord pour ta sortie avec les enfants, je te laisse… je vais bosser !

Raccrochant au nez de son ex, elle se promit d'appeler ses enfants dans l'après-midi pour discuter… surtout qu'ils ne croient pas les mensonges de leur père qui insinuerait telle qu'elle le connaissait, qu'elle les avait joyeusement abandonnés pour une conquête d'une nuit.

Lisa s'arrêta devant son réfrigérateur et se servit un yaourt et un jus d'orange. Pour filer ensuite en direction de son travail. Sa journée promettait d'être longue.

Marya déjeuna l'esprit totalement ailleurs. Ses souvenirs ne cessaient de la ramener à la soirée de la veille. Découvrir Lisa se battant avec le vigile, puis se changeant dans les loges avec indifférence… sa main dans la sienne et enfin le baiser qu'elle lui avait offert sans paraître écœurée. En fait, elle avait nettement lu du désir dans ses prunelles noisette.

Tout comme elle avait noté la déception lorsqu'elle avait quitté le taxi sans qu'elle esquisse un geste pour l'embrasser ou… elle ne savait quoi en fait. Qu'attendait Lisa d'elle à présent ? Quel casse-tête ! Si elle avait été homo comme elle, elle l'aurait embrassé à lui faire perdre le souffle, elle l'aurait emmené dans sa chambre et fait l'amour… mais là…

Il lui manquait un truc entre les jambes… bien qu'elle sache faire jouir ses partenaires sans ce membre masculin, elle n'avait jamais eu affaire à une novice hétéro. Elle avait peur ! Jamais elle ne s'était attendue à ce que Lisa change d'avis… en fait, Lisa avait réagi comme elle s'y attendait dès le départ, la repoussant sans chercher à savoir.

La joie l'avait inondé en la voyant à l'arrière du club, si belle et si farouche… visiblement, elle tenait à elle, l'aimait comme elle pouvait l'aimer. Un sourire niais se forma sur les lèvres de la chanteuse. Elle l'aimait comme elle… Un frisson la traversa.

Qu'allait-elle faire pour occuper sa matinée ? D'abord acheter un cadeau pour Lisa et préparer le repas du soir même ! Elle voulait une soirée parfaite, pour un vrai premier rendez-vous. Enfin, c'était chez elle, mais c'était aussi l'occasion de fêter Noël avec la Française.

Se levant brusquement, Marya se fit des plans sur le déroulement de la soirée en repoussant ses angoisses au fin fond de sa tête. Tout se passerait bien, quoiqu'il arrive, et de la patience elle en avait à revendre.

C'est en chantonnant qu'elle quitta son appartement une heure plus tard, ayant enfin réussi à s'extirper de la salle de bain.

🌱

La boutique ne désemplissait pas, entre les commandes à fournir et les achats de dernières minutes. Lisa se faufila vers le laboratoire et interpella Brett, un des derniers pâtissiers encore présents, au passage.

— Brett! Tu as pensé à moi?

— J'ai mis le manzana de côté.

— Super! Met-moi aussi quelques confiseries, environ trois cents grammes, j'ai déjà réglé l'addition.

— OK, je laisse ta commande dans le réfrigérateur.

— Merci Brett... passe de bonne fête!

— Toi aussi Lisa... fit le pâtissier avec un grand sourire. Et pour une fois, pense aussi un peu à toi.

— Cette année je compte bien m'amuser.

— Tant mieux. Allez, file en caisse, sinon Cadence va encore venir déblatérer au labo sur le manque de sérieux de ses collègues.

— Je n'ai pas envie non plus d'avoir Monsieur Parker sur le dos, rit sous cape la Française avant de disparaître tout sourire.

Lisa retourna à sa caisse et soulagea Eva qui avait besoin d'une pause pipi. Le reste de la matinée passa comme une flèche. Lorsqu'enfin Lisa ferma le rideau en milieu d'après-midi pour clore enfin la boutique, ses pieds gonflaient à vue d'œil à présent.

Son portable sonna, la faisant sursauter. Jetant un coup d'œil suspicieux au numéro, elle découvrit le numéro de sa fille.

— Grace ?

— Maman, tu vas bien ?

— Oui, oui je vais bien. Je comptais t'appeler cet après-midi ma chérie, mais le magasin ferme seulement.

— Oh, mais il ne te reste plus beaucoup de temps si tu dois faire quelques courses.

— Ne t'inquiète pas…

— Enfin, tu as toujours ton nouveau copain. Tu aurais pu le dire à moi ou à Lenny que t'avais un homme dans ta vie !

— Grace… je n…

— Papa nous a dit, coupa sa fille légèrement contrariée.

— Grace ! commença sèchement Lisa. Je ne t'en ai pas parlé parce que la relation n'a débuté qu'hier soir… alors, je ne sais pas ce que ton père t'as raconté à mon sujet une nouvelle fois, mais peut-on aussi me laisser respirer de temps en temps ?

— Oh ? C'est vrai ? Mais c'est tout neuf !

— Oui, marmonna Lisa en rangeant son comptoir en même temps, agacée que sa fille soit déjà au courant alors qu'elle n'avait pas eu le temps de vraiment entamer sa liaison.

— C'est excitant ! s'exclama sa fille énervée soudain.

— Grace, s'il te plaît… ne te fais pas de film.

— Pardon ? Mais…

— Écoute, je ne sais pas où cette relation va me

mener, je comptais vous en parler d'ici quelques semaines et pas au lendemain d'une ébauche de rendez-vous.

— Ah… tu ne comptes pas avoir de relation sérieuse. Tu me diras, ça te ferait du bien. Papa ne se gêne pas pour s'envoyer en l'air.

— Grace ! Ne parle pas comme ça de ton père…

— Écoute maman, j'ai raison ! Tu as besoin d'un homme, quelqu'un qui puisse te protéger et fermer le clapet à papa de temps en temps. Et puis, la vie monastique n'est pas recommandée.

— Comment tu sais ça toi ? ironisa Lisa.

— J'ai un petit copain aussi.

— Hein ? fit Lisa en se redressant du dessous de sa caisse stupéfaite.

— Oh, rassure-toi… on se fait que des bisous. Je ne sais pas non plus où… enfin, tu vois, Jason est vraiment super, intelligent et beau. Une vraie perle.

— Eh bien, c'est la semaine des révélations, murmura Lisa.

— Au fait, tu sais le nom de mon petit ami et le tien ? Il s'appelle comment ?

— Euh, hésita Lisa devenant écarlate.

Elle ne s'attendait pas à passer sur le grill aussi vite. Certes, elle avait décidé de ne pas esquiver la question si on lui posait, mais là…

— Allez quoi ! C'n'est quand même pas un secret d'État… et si je tombe sur lui alors qu'il est à la maison ou bien si je l'entends au téléphone, il faudra bien que je sache qui c'est…

— Écoute Grace, je préfère attendre encore un peu d'accord ?

— Tss ! Maman t'es vraiment vieux jeu.

— Grace, je dois me changer pour sortir de la boutique.

— D'accord, mais tu ne m'échapperas pas, dès que je serai de retour à la maison je compte bien te cuisiner. Et ça serait mieux si t'avais une photo de lui. Tu me l'enverras sur mon portable ?

— Grace, je te laisse… Je t'embrasse très fort, pareil pour ton frère. Faites attention à vous, je t'aime ma puce.

Ne laissant pas le temps à sa fille de répondre, Lisa ferma son portable et s'enferma dans les vestiaires. Eva terminait de fermer son pantalon.

— Ta fille est déjà au courant ?

— Oui, ce matin j'ai eu le malheur de dire à ce crétin de Lucas qu'il m'interrompait pendant que je faisais l'amour…

— C'est vrai ? s'exclama Eva les yeux exorbités.

— Non, c'est faux !

Lisa jeta un œil goguenard à son amie, avant de ranger son chemisier dans son casier et enfiler un pull à la place.

— Bon les filles, passez de bonnes fêtes et éclatez-vous. Apparemment, ça va être le cas pour toi Lisa, sourit Cadence.

— Bonnes fêtes, répondirent les deux autres employées avant de revenir à leurs moutons.

— Donc toi et Marya, fit Eva en faisant un geste avec son index en signe de rapprochement.

— Non ! Il ne s'est rien passé, nous n'avons même pas pu discuter sérieusement.

— Vous en êtes où alors ? questionna Eva curieuse de voir l'évolution de cette relation.

— Nous nous voyons ce soir, mais pour l'instant notre relation est juste amicale.

— Oh, je comprends mieux tes réticences à donner son nom à ta fille.

— Tu écoutes mes conversations ?

— Je voulais savoir...

— Ne le fais plus !

Lisa termina de ranger son casier, avant de quitter le vestiaire pour retourner au laboratoire et récupérer sa commande. Eva ne lui lâchait pas les semelles, et la Française écouta d'une oreille distraite en même temps qu'agacé les questions de sa collègue.

— Pour l'instant, je n'en dirai pas plus. Je pense que pour l'instant tout ceci ne regarde que Marya et moi. D'accord ?

— OK...

Prenant son sac en main, Lisa se dirigeait vers la sortie du personnel qui donnait sur la soixante-dix-huitième rue. Un frisson la traversa lorsque la bise glaciale vint caresser sa joue.

— Je vais remonter voir ma famille finalement. J'ai réussi à avoir deux jours de repos après Noël, j'avais négocié ça avant-hier avec le patron, ça jouxtera avec mon week-end. Alors à la semaine prochaine Lisa. Et je te souhaite plein de bonheur.

— Merci Eva, passe de bonnes fêtes.

— Je croise les doigts, sourit la vendeuse avant un dernier signe de la main.

Les deux femmes se séparèrent avec le sourire, et après quelques pas, Lisa s'immobilisa sur le trottoir. Là, à quelques mètres l'attendait Marya, emmitouflée dans un manteau blanc et noir, un chapeau sur la tête. Ses bottes en cuir dévoilaient ses jambes fuselées. Sa robe ne dépassait pas du manteau. Elle était si belle…

Lisa remarqua les regards masculins qui s'attardaient sur la silhouette ultra féminine. Sa gorge se noua en songeant aux paroles de son mari. Peut-être que… L'émotion la submergea. Elle s'avança vers elle, le cœur battant.

— Cela ne te fait pas plaisir que je vienne te rejoindre ? s'étonna Marya en voyant la mine chagrinée de Lisa.

— Oh si… je ne m'attendais pas du tout à cela, avoua la Française.

— Alors pourquoi as-tu l'air triste ?

— Je te trouvais si belle, j'ai eu l'impression de voir un ange…

Marya rougit sous la comparaison. Pour se donner contenance, elle proposa d'une voix légèrement enrouée.

— Viens, marchons ou nous allons nous transformer en congères. Et merci pour le compliment Lisa…

— C'est sincère, avoua la vendeuse en rougissant.

— Pourtant, commença Marya en observant la Française du coin de l'œil, tu semblais malheureuse en me voyant. Pourquoi ?

— Ah ? Vraiment ?

Lisa se tourna vers Marya très surprise en même temps qu'un sentiment de culpabilité la submergeait en songeant aux paroles blessantes de son mari. Ces dernières lui empoisonnaient l'existence. Marya remarqua à nouveau la lueur triste dans son regard. Regrettait-elle déjà de vouloir entretenir une relation amoureuse avec une femme ?

— Si tu souhaites reprendre ta liberté… enfin, je ne

veux pas te forcer à sortir avec moi.

— Non ! Ce n'est pas toi… c'est Lucas.

— Lucas ?

Marya ouvrit la bouche et la ferma ne sachant pas comment prendre cette réflexion.

— Lucas est mon ex-mari, expliqua Lisa. Il m'a téléphoné ce matin et… et je lui ai dit bêtement au téléphone qu'il m'interrompait alors que je faisais l'amour, avoua toute rouge la Française. J'en ai marre qu'il croit que je suis à sa disposition et ça me faisait plaisir de lui claquer dans les dents que j'avais quelqu'un… et… et il m'a dit… que… qu'il ne voyait pas quel type voudrait d'une femme comme moi qui se laisse aller… et lorsque je t'ai vu, tu es si belle qu'en comparaison, j'ai l'im…

Un doigt vint se poser sur la bouche de Lisa. Surprise, elle leva les yeux vers la chanteuse qui l'observait, une lueur tendre dans le regard.

— Ce qu'il dit n'est pas ce que je pense. Je suis heureuse si tu me trouves belle, et saches que pour moi… tu es sublime. Alors, ne te dévalorise pas. Tu n'as plus l'habitude de penser à toi parce que tu t'occupes et t'inquiètes pour ta famille. Maintenant, c'est moi qui vais m'occuper de toi. Allez viens, nous allons nous amuser ce soir. Et s'il te plaît, mets ton ex-mari au placard. Cet imbécile ne connaissait pas la chance qu'il avait de t'avoir auprès de lui.

Le sourire de Marya était si chaleureux et la sincérité des paroles de la chanteuse si juste qu'elles faillirent amener des larmes à Lisa. Pour la première fois depuis longtemps, elle se sentait comprise. Une très forte envie d'étreindre Marya la saisit, mais elles étaient en pleine rue, elle attendrait le bon moment pour cela.

Un sourire réchauffa son visage et pour la première fois depuis longtemps, la Française entrevoyait son avenir avec plus d'optimisme.

Chapitre 7 : Joyeux Noël !

. . . .

Le hall était immense et Lisa retira son manteau en clignant des yeux, impressionnée. Un grand arbre de Noël trônait dans la salle/salon grande ouverte et des cadeaux trônaient en dessous. Le luxe de l'appartement la laissait sans voix. Jamais elle ne se serait attendue à cela… il s'agissait d'un loft !

À l'étage, il n'y avait qu'un seul voisin, alors que sur le sien, ils étaient six.

— Entre Lisa, fait comme chez toi !

— Je peux ? chuchota la vendeuse.

Son regard ne savait plus où se poser entre les toiles accrochées aux murs, les sculptures, les plantes, l'immense canapé en forme de L, un grand écran plasma, une salle avec une immense table mélange de fer forgé, de verre et de bois. L'ensemble aurait pu paraître surchargé dans son appartement, mais dans celui de Marya... l'espace paraissait à peine meublé.

— Ne reste pas dans l'entrée Lisa ! Viens, je vais te faire visiter mon chez-moi !

Lisa rejoignit Marya qui, habillée d'une robe noire très distinguée et simple, resplendissait de beauté. La Française la rejoignit et laissa la chanteuse lui prendre la main pour la guider dans son appartement. Son cœur cognait très fort, voire un malaise s'installait en elle. Mais loin de s'attarder sur ses possessions ou sur les chambres, Marya la mit à l'aise en racontant des anecdotes avec son groupe qui venait souvent dormir chez elle ou enregistrer. Les soirées qu'elle organisait, sa relation compliquée avec ses parents.

— Mon père est accro au jeu. C'est pour cela que je chante actuellement, pour rembourser ses dettes !

— Mais... enfin... tu as des frères et des sœurs non ?

— Oui, mais bon... ils ont tellement l'habitude que je paye tous les excès de papa qu'ils se reposent sur moi.

— Mais ce n'est pas juste ! Et ta mère ? Qu'est-ce qu'elle dit de tout cela ?

— Oh... pas grand-chose... pour elle c'est naturel. Je gagne bien ma vie. Enfin, je pense que tu l'as deviné en voyant mon appartement. Plus jeune, j'ai participé à des films... j'ai joué les doublures de certaines stars aussi à Hollywood, j'ai tourné des pubs et j'ai été mannequin pour arrondir mes fins de mois. J'ai toujours travaillé d'arrache-pied et j'ai toujours mis de côté... au cas où.

— Pour ton père ?

— Oui, avoua Marya en se grattant le front. Et si on changeait de sujet, parle-moi un peu de toi. En même temps, nous allons préparer notre repas !

Heureuse de partager ce moment avec quelqu'un, Marya se tourna vers la Française qui enfilait le tablier qu'elle lui donnait.

— Nous allons faire une salade et j'ai prévu aussi du homard grillé. J'ai mis le dessert au réfrigérateur... j'ai hâte d'y goûter ! Mais d'abord, j'aimerais que tu me parles un peu de tes enfants...

— Grace et Lenny, sourit Lisa. Elle a seize ans et Lenny en a quatorze. Ils sont nés ici aux États-Unis.

— Ah oui ?

— Je vis ici depuis dix-huit ans. J'ai quitté la France avec Lucas... nous étions jeunes. Il venait pour ses études et moi aussi, mais je suis tombée enceinte rapidement... alors, j'ai dû arrêter pour m'occuper du bébé. J'ai voulu poursuivre mes études de droit, mais tout devenait beaucoup trop compliqué à gérer et puis Lenny est arrivé très vite après Grace. Pendant quatre ans, j'ai mis ma vie de côté, et puis après, j'ai cherché à avoir un travail. Lucas n'était presque jamais à la maison. Il commençait à avoir du travail dans un cabinet d'expertise financier. Les enfants commençaient l'école et moi... être enfermée toute seule à longueur de temps... j'ai commencé à avoir la nostalgie de la France. Alors, j'ai cherché un job et j'ai eu l'opportunité de travailler pour Monsieur Kanyon.

— C'est vraiment un autre travail, enfin ne le prend pas mal, c'est par rapport à tes études...

— Oh, t'inquiètes ! sourit Lisa en coupant les tomates. J'aime ce que je fais. Au début, ce n'était qu'un mi-temps, ça m'arrangeait bien. Et puis au bout de deux ans, il m'a demandé de passer à temps plein, Lee a quitté le magasin pour partir vivre en Alberta. Bref, j'ai découvert à peu près dans le même temps que Lucas me trompait depuis un bail, et nous avons fini par divorcer. Ma relation avec lui est difficile... si tu te trouves nez à nez avec lui, il risque d'être franchement désagréable.

— Tu crois que nous nous croiserons ? s'étonna Marya.

— Pourquoi ? questionna Lisa. Tu as l'intention de me voir uniquement pour... enfin pour...

Marya ouvrit la bouche pour la refermer. Lisa l'observait interrogative. Finalement, la Française prit les choses en main, autant être claire, même si elle ne savait fichument pas comment les choses évoluaient.

— Ce matin, lorsque Lucas m'a téléphoné... je me masturbais ! dit la Française sans fausse honte.

— Pardon ? Marya arrondit les yeux comme des soucoupes, manquant de faire éclater de rire Lisa.

— Tu sais depuis combien de temps je ne me suis pas envoyée en l'air ? Depuis quatre ans ! C'est long, tu sais... je ne me suis pas touchée depuis un bail et franchement j'avais même oublié ce que ça faisait ! Les paroles de Lucas m'ont fait mal, parce que... parce que je me rends compte qu'il a raison.

— Pardon ? Là, je ne su...

— Je t'explique ! Avant, j'allais chez le coiffeur, je passais du temps à faire du shopping et je faisais du sport... pas pour faire de la compétition, mais ça me permettait de me vider la tête. J'avais un tas d'activité qui me permettait de me sentir bien et femme, de me donner l'impression de m'occuper de moi. Et puis, j'étais aussi une amante et pas que la mère de mes enfants.

— Je vois...

— Je me suis oubliée, empêtrée dans mes problèmes... j'ai oublié qui j'étais, souffla Lisa malheureuse. Alors,

alors, tu vois, que tu t'intéresses à moi, alors que je ne fais aucun effort. Regarde tu n'as même pas voulu que je me change et je suis en pull et pantalon, alors que toi tu es splendide dans ta robe…

Lisa pour ça en aurait pleuré, mais s'en abstint. Elle fixa les yeux mordorés et continua la voix un peu tremblante.

— Je n'y connais rien au relation avec une femme, mais une chose est claire pour moi, c'est que je l'envisage sérieusement. Cet après-midi j'ai failli avouer ton nom à ma fille, mais je m'en suis abstenue parce que je voulais d'abord éclaircir les choses avec toi.

— Tu es sûre de toi à ce point ?

— Marya, comment t'expliquer cela ? Je ne me suis pas senti aussi bien depuis une éternité. Grâce à toi, je me sens revivre. Je me regarde à nouveau et je suis frustrée de ne pas m'être faite belle pour toi. Je n'ai pas envie que tu aies honte de moi…

— Oh Lisa !

Marya abandonna ses dernières réticences et prit Lisa dans ses bras, la serrant très fort contre elle. Elle embrassa sa tempe en fermant les yeux. Lisa ferma brièvement les yeux, soulagée. Elle n'était pas la seule finalement à avoir des sentiments, depuis quelques minutes elle avait l'impression de pédaler dans la semoule.

— Je suis tellement morte de peur à l'idée de t'effrayer que je n'ose pas te tenir contre moi. Je ne t'ai jamais envisagé comme une histoire d'un soir. C'est peut-être pour cela que veux y aller pas à pas. Hier soir, je me suis retenue de t'embrasser parce que je n'étais pas sûre de pouvoir m'arrêter, j'étais si heureuse que tu viennes me retrouver… je ne m'y attendais pas du tout.

— Je n'avais pas pensé à ça moi, chuchota Lisa contre sa nuque.

— À quoi as-tu pensé ?

— Que peut-être tu regrettais...

— Tu es folle ?

Marya repoussa Lisa qui l'observait les yeux brillants.

— Je voulais savoir à quoi ressemblait un vrai baiser avec toi. Je me sentais prête, alors que là... je me sens comme une andouille.

Un éclat de rire résonna dans l'appartement et Marya ébouriffa les cheveux de la Française et déclara.

— Tu es directe toi ! Je sens que je ne vais pas m'ennuyer et dire que je pensais les françaises romantiques. En fait, vous allez droit au but. C'est déconcertant.

— Je n'aurais pas dû dire cela ? s'inquiéta Lisa.

— Reste comme tu es ! Au moins, je suis sûre de toujours savoir où j'en suis... Écoute ! Que dirais-tu si nous cherchions dans ma garde-robe une tenue de fête ? Et puis après, je te maquille et pour finir nous dînerons aux chandelles... Mais d'abord, terminons notre repas, sinon nous mourrons de faim et nous finirons raide mortes sur le parquet !

— T'exagères un peu, rit Lisa.

— Un peu, sourit Marya. Je vais mettre de la musique d'ambiance et je reviens.

Lisa observa Marya filer vers le salon mettre en route une chaîne hi-fi qui diffusa une musique festive sur laquelle elle revint en dansant.

— C'est la fête, non ?

Lisa hocha la tête et continua à découper les légumes. Marya lui parlait de son enfance à surfer avec ses amies, sa courte carrière de pom-pom girl, vite remplacée comme leader d'un petit groupe rock. Sa plastique qui retenait l'attention, ses défilés pour la lingerie... ses photos pour des publicités rétro, son style étant déjà très affirmé.

Ses deux frères et sa sœur qui étaient plus âgés, mais mis à part venir mettre les pieds sous la table de chez ses parents ne les aidaient pas beaucoup. Malgré tout, elle s'entendait bien avec toute sa famille qu'elle prenait avec ses qualités et ses défauts.

— Je n'ai pas envie de... d'être seule.

— Tes parents... tes parents savent pour toi ?

— Pour moi ? répéta Marya étonnée.

— Que tu es lesbienne ?

— Oui, lorsque je me suis rendu compte que seules les filles m'attiraient, j'en ai parlé ouvertement.

— Et ? demanda Lisa suspendant son geste pour ranger la vaisselle.

— Eh bien, ma mère n'a rien dit comme à son habitude. Mon père non plus en fait, parce que je commençais à gagner ma vie et que je commençais à éponger ses dettes. Je n'ai jamais voulu savoir ce qu'ils pensaient dans le fond. C'est ma vie de toute façon.

Le silence qui suivit fut songeur. Lisa sursauta lorsque Marya reprit la parole.

— Tu comptes vraiment avouer que nous sortons ensemble à ta famille ? interrogea la chanteuse curieuse. Je veux dire que toi et moi...

— Pour l'instant, je verrai où notre histoire nous mènera, mais je n'ai pas l'intention de cacher que je sors avec une femme. Si nous tombons sur mes enfants, je m'imagine mal leur dire : « oh, une très bonne amie à moi... ». Je préfère dire « C'est ma petite amie ». Enfin à moins que ça te gêne ?

— Non pas du tout ! s'exclama Marya heureuse. Je t'avoue que... que je suis vraiment heureuse que tu sois si... si ouverte.

Lisa pencha la tête sur le côté pour observer Marya et pris d'une inspiration soudaine se dirigea vers elle, et relevant un peu la tête l'embrassa sur les lèvres.

— T'es stupide toi !

La Française ne put rien ajouter d'autre, deux lèvres s'emparaient tendrement des siennes, alors que deux bras se glissaient doucement autour de ses hanches. Un délicieux frisson envahit Lisa qui répondit avec lenteur à la bouche qui dégustait la sienne. Les baisers des hommes étaient plus durs, exigeants, meurtrissant parfois les lèvres. Ici, la douceur de miel et cette langue qui s'immisçait entre ses lèvres cherchant à découvrir la sienne avec volupté la surprenaient.

Lorsque Marya se recula, Lisa l'observa le regard légèrement voilé. Se penchant en avant, la chanteuse embrassa encore la bouche de Lisa qui ne réagit qu'au dernier instant.

— Allez viens ! Nous allons te transformer ce soir. Tu seras Cendrillon !

— Je devrais partir à minuit ?

— Non, parce qu'un charme invisible t'enchaîne à cet appartement...

— Oh...

— Oui, oui, crois-moi, sourit Marya un peu plus largement. Allez, viens ma princesse.

Lisa se laissa guider vers la chambre de Marya qui

l'impressionnait avec son grand lit bas et ses grandes fenêtres dont un fin voilage masquait à peine la vue extérieure. Se retrouvant dans un immense dressing, Lisa admira toutes les tenues plus belles les unes que les autres. Celles à paillettes lui tapèrent dans l'œil.

— Ce sont des tenues de scènes Lisa…

— J'ai toujours voulu savoir ce que l'on ressentait en mettant ce genre de vêtement. Dit, je peux en essayer une ?

— Bien sûr ! Attends laisse-moi regarder celles qui je pense seront le plus proche de ta taille. J'ai gardé tous mes costumes de scène depuis l'adolescence…

— Ah ?

— Tu dois avoir les mêmes mensurations que lorsque j'avais dix-sept…

— Ah ?

Voyant l'air gêné de la Française, Marya se pencha et l'embrassa brièvement.

— Pour moi, tu es la femme la plus jolie du monde. Tu fais partie de mon idéal pour tout te dire…

— Idéal ? Moi ? s'étonna Lisa qui rougit sous le regard plus insistant de Marya sur ses formes, pour remonter vers son visage.

— Oui, toi ! J'aime ton visage… il est harmonieux et il dégage cette classe des Européennes, un mélange de modernisme et de romantisme… Ton regard franc attire mon attention, tout comme sa chaleur. Tu es mince, presque androgyne si on te serrait dans des bandelettes et pourtant, je suis sûre que même dans un costume d'homme, on ne pourrait pas te confondre avec eux. Tu as cette distinction naturelle qui m'envoûte lorsque tu marches, ou tu prends la pose… et je suis sûre que tu ne t'en aperçois même pas.

— Euh… pas franchement.

Marya qui se détournait pour plonger son visage dans la penderie, en ressortit avec une robe écarlate, fendue généreusement sur le côté, avec un décolleté en V. Lisa fit la grimace.

— Tu n'aimes pas ? s'étonna Marya.

— Je n'aime pas le rouge, sauf pour les lèvres. Je préfère des couleurs plus sombres.

— Attends, je crois savoir qu'il y a une robe… ne bouge pas ! Mais, s'il te plaît, fais-moi plaisir, essaye celle-ci, après tout y'a que moi qui te vois… je suis sûre que tu seras jolie dedans.

— D'accord. Où je me mets pour poser mes affaires ?

— Va de l'autre côté, tu poses tes affaires sur le lit.

— Euh, d'accord.

Lisa retourna vers la chambre proprement dite avec la robe en main. Elle se déshabilla rapidement pour enfiler le costume de scène. Elle n'avait pas enlevé son soutien-gorge et les bretelles dépareillaient avec la tenue sophistiquée qui bâillait un peu au niveau de la poitrine. Lisa se tourna dans tous les sens et ne trouva pas la robe à son goût, en plus elle marchait légèrement sur un pan.

— Hum… non, elle ne te va pas. Mais j'ai trouvé quelque chose de différent et je pense que tu seras plus à ton aise dedans. Regarde…

Tournant son visage vers Marya, Lisa admira la robe bleu nuit. Le col carré était serti par de larges bretelles, la robe était mi-longue… une vraie robe de cinéma.

— Je peux vraiment l'essayer ? chuchota avec respect

Lisa en touchant le tissu velouté.

— Oui, sinon je ne l'aurais pas sorti. Allez enfile-là ! Au fait, tu fais quelle pointure, Lisa ?

— Euh, trente-huit.

— Comme moi ! Génial ! Je vais chercher les chaussures qui vont avec cette tenue.

— Euh…

— Allez, allez. Nous te transformons pour ce soir, Lisa.

La Française se changea rapidement et essaya la robe qui encore une fois bâillait au niveau du décolleté. La déception se lisait sur son visage.

— Oh, c'est sûr que tu ne fais pas mes mensurations. Attends, je reviens.

Lisa se tourna vers Marya qui revenait de derrière son dressing avec un nécessaire à couture.

— Tourne-toi, ma belle. Je vais arranger ça… Ensuite, tu enfiles les chaussures et je te maquille.

— Tu prends cela très à cœur…

— Tu crois ?

Les doigts de Marya frôlaient son dos en partie dénudé. Lisa percevait le resserrement du tissu et la mise en place de la robe dans son dos.

— Tourne-toi pour que je regarde à nouveau !

Lisa lui fit face légèrement rougissante. Marya porta ses mains à son décolleté pour le lui remonter et Lisa eut un mouvement de retrait, surprise par son geste sûr. Les mains portées autour de sa poitrine l'avaient déstabilisée. Marya déclara sereinement, alors que son cœur à elle aussi battait la chamade de la peur affectée par Lisa. Que le veuille ou non la Française, les barrières n'étaient pas prêtes de tomber. Elle respira doucement entre ses lèvres, elle-même n'en revenait pas de son audace.

— Je suis désolée, je ne voulais pas te faire peur.

— J'étais seulement surprise...

Les deux femmes se dévisagèrent un peu gêné. Marya opta pour changer l'ambiance rapidement, elle reporta son attention sur les chaussures ce qui eut l'effet escompté.

— Jamais je ne pourrai marcher avec ça, Marya.

— C'est une question d'habitude, tu sais... on ne née pas avec des talons aux pieds !

— C'est sûr... mais quand même, j'ai l'impression d'être un pingouin.

— Arrête de chipoter et regarde-toi dans la glace !

Lisa s'examina l'œil critique, et resta immobile et silencieuse. Des larmes bordèrent le coin de ses yeux, elle porta une main à sa bouche pour la cacher, une profonde détresse se lisait sur son visage. Marya qui était ravie du résultat ne s'attendait pas à une telle réaction.

— Eh Lisa ! Ne pleure pas !

Sans chercher à savoir si la Française la repousserait, elle l'a pris dans ses bras et la consola, alors que Lisa éclatait en sanglots.

— Je voulais t'amuser pas te faire pleurer.

— Ce n'est pas... enfin... j'avais oublié tout ça...

— Lisa, chuchota d'une voix rauque Marya.

La chanteuse déposa des baisers sur le visage noyé par les larmes. De ses pouces, elle repoussa les sillons mouillés et les remplaça par la tendresse de ses baisers. Lisa se laissa aller contre elle, et l'embrassa passionnément. Marya loucha légèrement, le baiser n'était pas tendre, mais plus exigeant... elle n'en avait jamais donné de pareil, mais répondit avec ardeur. Une flamme s'alluma chez Marya qu'elle tenta d'éteindre. Elle allait dévorer Lisa toute crue si elle continuait…

La repoussant gentiment, elle caressa une dernière fois le visage défait, et sourit un peu hors d'haleine.

— Lisa… je voulais te faire sourire.

— C'est bête, c…

— Ne t'excuse pas ! Viens, nous allons terminer ta jolie tenue, et ensuite nous mangerons.

Lisa suivit Marya qui gardait admirablement son self-control. Elle avait vu son regard incandescent, il l'avait brûlé au passage. Ressentir le désir d'un autre sans pouvoir le consommer, commençait à torturer la vendeuse qui se laissa faire dans la salle de bain.

— Ferme les yeux.

Sans résistance, assise et passive, elle laissa Marya opérer la métamorphose. Les pinceaux qui s'agitaient sur son visage, l'effleurement de ses doigts sur sa peau, la légère odeur sucrée du maquillage. Lisa allait ouvrir les yeux, mais Marya lui interdit le moindre geste.

— Attends une petite minute encore, je voudrais seulement te recoiffer avant.

— Mais…

— Une petite minute, grande impatiente.

Lisa se renfrogna, trouvant d'ailleurs qu'elle en avait trop. Les doigts fins de la chanteuse s'agitèrent dans ses cheveux et une odeur de laque la fit tousser.

— Voilà ! Mais attend deux minutes, tu vas marcher les yeux fermés je t'amène au miroir !

De mauvaise grâce, Lisa qui se doutait des efforts phénoménaux qu'avaient dû faire preuve Marya pour l'apprêter, se prêta au jeu. Lorsqu'elles s'immobilisèrent,

Marya chuchota excitée.

— Ouvre les yeux Lisa... et vois par toi-même que tu es vraiment plus belle que tout ce à quoi ton mari pense.

Avec précaution, Lisa ouvrit une paupière et puis l'autre. Le silence qui régnait ne fut interrompu que par le bip-bip du four qui les alertaient que le homard était prêt. Le cœur de Lisa courait dans sa poitrine. Elle jeta un coup d'œil à Marya qui se tortillait sous l'effet de l'enthousiasme du nouveau visage que Lisa se découvrait.

— C'est vraiment moi, Marya ?

Cette dernière se contenta de hocher la tête. La robe bleu nuit moulait la silhouette svelte et racée, les hauts talons l'allongeaient encore, lui donnant l'allure d'une femme fatale. Le maquillage était discret, mais agrandissait ses yeux noisette et sa bouche peinte d'un rouge mat attirait le regard. Les cheveux courts artistiquement ébouriffés donnaient à Lisa la physionomie d'un mannequin ultra féminin et glamour des années quatre-vingt. Elle-même reconnut qu'elle se trouvait belle !

— Je ne... je ne sais pas quoi dire Marya !

— Joyeux Noël !

Surprise par le ton joyeux de son hôtesse, elle se tourna vers la chanteuse qui la prit par la main et l'invita à la suivre.

— Ma princesse, tu t'installes à table et je m'occupe de toi encore pour le reste de la soirée.

Lisa voulut parler, mais un baiser chaste scella ses lèvres et Marya se dirigeait déjà vers la cuisine en chantant un, *We wish you a Merry Christmas... we wish you...*

Chapitre 8 : Sexy love

• •

Après avoir pris des photos en solo ou ensemble, manger à ne plus pouvoir bouger, chanter à en avoir les cordes vocales usées, danser à en avoir mal au pied, Lisa se laissa choir sur le sol, épuisée. Il était quatre heures du matin ! Jamais elle n'aurait pensé pouvoir tenir jusque-là.

Allongée sur le parquet, son regard suivit paresseusement les contours du plafond. Le visage de Marya se reflétait partout où ses yeux se posaient. Son parfum de vanille l'enveloppait encore, enivrant. Sa soirée avait été la meilleure qu'elle n'avait passée depuis bien longtemps.

Cerise sur le gâteau, Marya lui avait offert un bracelet

en or enchâssé de coccinelle la faisant rougir de plaisir. Elle l'agita doucement au-dessus de son visage. Pour être déçu quelques secondes plus tard. Elle n'avait pas eu le temps de faire des achats de Noël, mais visiblement sa présence suffisait largement au bonheur de son amie.

L'atmosphère était tranquille et la voix de Gary Grant chantait Let it snow, let it snow, let it snow... Roulant sur le ventre, le regard de Lisa suivait les courbes généreuses de sa petite amie qui la quittait pour leur proposer un thé. Qu'elle était belle dans sa robe noire moulante ! Et elle lui avait permis de se sentir bien toute la soirée, femme.

Le cœur battant, ses yeux remontaient la silhouette de la chanteuse encore une fois, ne se lassant pas de ce qu'elle découvrait. Son bas-ventre se mit à chauffer doucement... sans conteste, elle la désirait. Une certaine appréhension la gagna... elle avait besoin d'elle tout de suite, elle n'aurait plus la force ensuite.

Lisa se mit à marcher à quatre pattes, son regard devenant alourdi par le désir, son expression devenant plus grave. Marya se tourna vers elle pour lui parler, mais les mots restèrent coincés au travers de sa gorge en rencontrant le regard fauve que lui adressait la Française.

— Lisa ? chuchota Marya pas très sûre que la Française comprenne le comportement qu'elle adoptait, la laisserait sortir indemne.

Visiblement, elle se fichait par-dessus tout des conséquences, déjà à ses pieds, une de ses mains caressait sa cheville pour remonter lascivement le long de son mollet. Le regard noisette ne quittait pas celui mordoré de sa maîtresse.

— Marya, j'ai envie de savoir... j'ai envie de savoir tout de suite, j'ai peur que si j'attends trop longtemps pour franchir le pas de ne plus oser le franchir. Tu me comprends?

— Oui… je te comprends… Mais…

Lisa remonta lentement le corps de Marya, le regard devenant plus soutenu, Marya sentait sa respiration devenir plus courte. La main de la chanteuse glissa vers la nuque de la Française, lui faisant rejeter un peu plus la tête. Son visage descendit à la rencontre de son amante qui soupira lorsqu'elle caressa ses lèvres. Marya les dégusta lentement, empêchant la Française de prendre le contrôle. Elle la savait impressionnée et elle cherchait une échappatoire en voulant la maîtriser, mais c'était elle qui mènerait le jeu, dont le but n'était pas de l'écœurer.

Son autre main serpentait sur le corps souple, et son bras s'enroula autour de sa taille, ses doigts frôlant la vallée de ses reins, pour descendre sur les monts rebondis de ses fesses. Sa bouche descendait sa nuque, puis descendit vers le sternum progressivement. Ses doigts étaient remontés pour retirer les épingles qu'elle avait mises plus tôt dans la soirée.

Une à une, les attaches tombèrent sur le sol dans un léger bruit métallique. Alors que Marya descendait le buste de Lisa, cette dernière se redressait, inversant leurs positions. Un délicieux frisson parcourut Marya lorsque les doigts de Lisa caressèrent ses cheveux, le geste était si doux!

Faisant glisser en même temps les bretelles larges des épaules de Lisa, le corps se dévoila lentement au fur et à mesure que le tissu s'échouait sur le sol, Marya lécha au travers de la soie du soutien-gorge les tétons qui bourgeonnaient, alternant les seins et surveillant du coin de l'œil son amante.

Lisa obligea Marya à se redresser, et la Française avoua.

— Je ne veux pas être la seule à être dévêtue…

Marya cacha son amusement et laissa Lisa lui enlever sa robe. En sous-vêtement elle aussi, la chanteuse prit la main de la vendeuse et l'entraîna dans sa chambre. Sans hésiter, Marya la poussa sur le matelas où Lisa tomba souriante et incertaine. La surplombant, Marya se pencha et l'embrassa encore et encore, leurs regards ne se quittaient pas.

Les mains de Lisa commençaient à parcourir timidement son dos, prenant lentement confiance en elle. Marya quitta enfin sa bouche et l'observa quelques secondes avant de descendre la nuque de sa partenaire, la caressant du bout de la langue, ses doigts firent glisser une bretelle de son épaule pour libérer un sein, immédiatement Marya l'aspira avec délicatesse. Sa langue joua délicatement avec le téton jusqu'à ce qu'il se dresse, elle refusait de regarder Lisa de peur d'y voir un certain affolement se loger dans son regard.

Mais loin de cela, la Française glissa une jambe autour de sa taille et remonta son bassin pour le frotter contre le sien en gémissant. Levant les yeux vers sa maîtresse, Marya reconnut le brasier qui couvait dans le regard de la Française.

N'y tenant plus, elle lui ôta son soutien-gorge et embrassa sa poitrine sans retenue. Ses gémissements lui donnaient le tournis, jamais dans ses rêves les plus fous, elle n'avait imaginé qu'elle puisse réagir pareillement. Son bassin ondulait, ses mains lui touchaient le crâne, les épaules et le haut de son dos.

— Ce soir, laisse-toi faire Lisa.

— Je veux que toi aussi tu profites…

— Ne t'inquiète pas pour moi ma chérie…

Reprenant un téton entre ses dents, un doigt dévala le long du corps de la Française pour s'arrêter sur la culotte devenue légèrement humide sous l'excitation. Ce constat rassura Marya qui frotta ses doigts délicatement sur le tissu. Lisa ne fut pas longue à réagir. Son corps ultrasensible de ne plus avoir été caressé depuis des lustres, quémandaient les caresses et les gémissements de sa compagne firent comprendre à Marya que Lisa ne serait pas longue à avoir un orgasme si elle s'y prenait bien.

Inexorablement, la chanteuse parcourut la peau qui se réveillait sous ses baisers, dévalant son ventre, elle s'attarda au nombril, qu'elle titilla tendrement du bout de la langue, surveillant du coin de l'œil Lisa qui se caressait la poitrine un peu perdue de ne pas avoir de corps à étreindre. Ne se laissant pas démobiliser par le regard suppliant de son amante, Marya descendit encore et elle s'arrêta au niveau de la culotte en soie et dentelle.

Levant les yeux une nouvelle fois vers sa compagne, elles se dévisagèrent avec intensité. Lisa se pencha vers elle et quémanda un baiser que Marya lui donna sans rechigner.

Ses doigts faisaient glisser le tissu du sous-vêtement lentement, elle effleura l'intérieur des cuisses de plusieurs caresses légères et prit son temps pour cajoler la peau douce avec sa bouche embrassant les muscles fuselés des cuisses. Marya remonta lentement en donnant des coups de langue pour s'arrêter devant le pubis légèrement poilu.

Délicatement, elle repoussa les lèvres et lécha l'intérieur pour exciter le clitoris. L'odeur légèrement musquée l'excita, et le velouté de la peau satinée sous sa langue l'émoustillait tout autant. Elle devait bien se l'avouer, pour elle cela faisait un bail aussi qu'elle n'avait pas touché le corps d'une femme… et de caresser cette hétéro, vierge de tout attouchement lesbien lui donnait un sentiment incroyable de bonheur. Lisa se donnait à elle ! Rien qu'à elle…

Les réactions de la Française la surprirent. Elle s'accrochait aux draps, alors qu'elle venait à peine de commencer à la palper. Tout ce temps sans jamais avoir de relation… normale qu'elle soit aussi sensible. La chanteuse maudit l'ex-mari de son amie. Ce salaud l'avait rabaissé et lui avait fait perdre toute confiance en elle, surtout en tant que femme ou amante, la reléguant au rôle d'une simple mère… et encore aujourd'hui, il semblait que ce monsieur se permette de déformer l'image que Lisa avait d'elle-même.

Elle continua à la lécher pour peu à peu l'exciter avec ses doigts, les gémissements se firent plus fort, presque des suppliques. Sachant que Lisa avait l'habitude de se faire pénétrer, elle glissa ses doigts à l'intérieur du vagin et rechercha le point G. Peut-être ne le trouverait-elle pas le soir même ou peut-être atrophiée, ce point ne réagirait pas. Qu'importait, elle allait rétablir toute la féminité qui était due à Lisa, lui faisant peut-être même découvrir des choses qu'elle ignorait sur elle-même. Après tout, combien d'hommes s'inquiétaient réellement du plaisir de leur partenaire ? Combien cherchaient réellement à connaître leur partenaire ? Les hétéros prenaient les rapports sexuels comme un dû.

Ses doigts étaient lubrifiés par les muqueuses de son amante qui bougeait, totalement en proie à ses sensations. La jeune femme était elle-même en proie d'un feu intérieur intense. Marya glissa une main vers son sexe et s'excita seule en faisant des va-et-vient de plus en plus rapides avec son index et son majeur. Sa culotte était complètement mouillée, provoquée par la vue imprenable sur l'entrejambe de Lisa.

Se redressant, Marya se replaça au-dessus de Lisa qui l'observait langoureusement, ses mains capturèrent sa nuque l'obligeant à se pencher en avant, elle l'embrassa avec fièvre et Marya emportée, répondit à chaque baiser, sa langue cherchant celle de Lisa, fermant les yeux, Marya apprécia le baiser passionné. Elle plaqua le bas du corps de Lisa tout en repoussant ses jambes sur le côté, lui offrant plus de place.

Voyant l'interrogation s'inscrire sur le visage de la Française, Marya chuchota d'une voix suave.

— Je vais nous faire du bien ma chérie…

Plaquant son bassin contre celui de Lisa, Marya s'appliqua à coller son clitoris contre celui de sa maîtresse qui ouvrit des yeux comme des soucoupes. Marya bougea d'abord de façon circulaire par des petits mouvements, pour lentement les remplacer par des va-et-vient d'abord timides, puis de plus en plus longs… Leurs sexes excités laissaient échapper une odeur musquée capiteuse de sexe.

Lisa avait chaud, si chaud… un million de sensations lui parcouraient le corps. Elle allait jouir, elle se sentait sur le fil… elle griffa les draps méchamment, son corps se cambra alors que le rythme qu'imposait Marya devenait de plus en plus rapide. La chanteuse avait de plus en plus chaud et au vu des couleurs des joues de Lisa, cette dernière paraissait sur le point d'exploser.

Les longs gémissements de sa compagne l'avertirent qu'elle atteignait l'orgasme, le sien n'était pas loin également. Rejetant ses longs cheveux en arrière, Marya laissa échapper un long soupir de plaisir. Ses yeux se fermèrent. Son corps resta immobile quelques instants, le temps de reprendre ses esprits.

Marya jeta un coup d'œil à Lisa et vit qu'elle la contemplait sans un mot. La Française remarqua soudain que Marya n'avait pas retiré son dernier sous-vêtement et rougit de sa brusque intimité et rit de sa bêtise. Voyant le regard d'incompréhension de Marya, la vendeuse chuchota d'une voix enrouée.

— Tu m'apprendras aussi à te faire du bien ?

— Pas ce soir, répondit tendrement Marya. Je crois que j'ai une soudaine envie de dormir.

Elles se dévisagèrent longuement sans un mot, un sourire léger sur les lèvres. S'embrassant avec tendresse, elles se blottirent l'une contre l'autre. Lisa se serra dans les bras de Marya, recherchant sa chaleur et contre toute attente, la Française s'endormit comme une masse bien avant sa compagne qui l'observait étonnée. D'une main aveugle, Marya attrapa les draps... le lendemain, elle aurait le temps d'y voir plus clair. Là, elle aussi elle avait besoin de dormir et de se remettre les idées en place...

Chapitre 9 : Ensemble

• •

La sonnerie insistante d'un téléphone réveilla Marya. Cette dernière s'étira et chercha son portable d'une main paresseuse pour voir qui l'avait appelé. Quelle heure était-il, bon sang ? Bougeant le moins possible pour ne pas réveiller Lisa, qui avait malgré tout un sommeil de plomb. Le numéro de son père s'afficha... Il voulait certainement lui souhaiter de bonnes fêtes.

Un sourire doux s'afficha sur les lèvres de Marya qui reposa son téléphone à l'aveugle. Avec précaution, la chanteuse se tourna sur le côté et s'appuya sur son coude pour surplomber la vendeuse qui lui tournait le dos.

Son regard s'attarda sur l'épaule nue de Lisa, une forte envie de la serrer contre elle la prit. La chanteuse se pencha pour voir par-dessus de sa compagne, cette dernière paraissait préoccupée dans son sommeil. Sa chevelure caressa sa peau, mais rien ne semblait troubler la dormeuse.

Ayant besoin de se soulager, Marya se leva silencieusement et gagna la salle de bain. La sérénité dans laquelle semblait baigner son appartement lui réchauffa le cœur. Quelques minutes plus tard, Marya vêtue d'un déshabillé en dentelle, s'appuya sur le chambranle de la porte pour admirer sa compagne.

Haussant les sourcils de surprise en voyant la couette se soulever pour l'inviter à se réchauffer, un lent sourire se forma sur les lèvres de Marya en croisant les yeux mi-clos de Lisa qui l'observait gravement. D'une démarche lente, Marya la rejoignit pour se glisser contre le corps chaud de sa maîtresse.

— Bonjour, chuchota Marya en français.

— Bonjour Marya.

— Oh la, gloussa la chanteuse, s'il te plaît ne me parle pas en français, je n'y comprendrai rien… quoique cela pourrait être assez exotique, conclut-elle brusquement.

— Je t'aime…

Marya perdit son sourire, cette phrase nul besoin de la traduire. Elle dévisagea Lisa qui la fixait avec attention. Une main sortit de la couette pour frôler son visage avec tendresse. Elle tremblait un peu, certainement à cause de l'émotion qui agitait sa propriétaire. Le regard de Lisa étant particulièrement brillant durant cet instant-là. Marya attrapa doucement sa main qui caressait toujours son visage, et porta les phalanges frémissantes à ses lèvres. Leurs doigts s'enlacèrent tendrement, lentement.

Lisa se pencha légèrement en avant, le cœur toujours cognant très fortement dans sa poitrine. Sa bouche rejoignit celle de sa compagne timidement. Marya répondit avec tendresse. Elle chuchota.

— Tu as bien dormi ?

— Oui…

— Pourtant, tu fronças les sourcils, sourit Marya.

— C'est la lumière qui me gêne.

— Oh…

— Je dors toujours les doubles rideaux fermés.

— Oui, j'avais remarqué. Je tâcherai de régler ce problème.

— Tu n'es pas obligée…

Marya rit et vola un baiser par surprise.

— Je souhaiterais que tu te sentes bien chez moi, je veux prendre soin de toi aussi…

Un gargouillis se fit entendre et Lisa rougit. Son traître d'estomac trahissait sa faim. Marya se leva sans laisser le temps à Lisa de s'expliquer.

— Tu t'en vas ? marmonna contrariée Lisa.

— Je vais te préparer le petit-déjeuner. Prends ton temps… Je vais en profiter aussi pour rappeler mon père.

— Rappeler ?

— Tu as décidément un sommeil de plomb Lisa, se moqua gentiment la chanteuse avant de faire le tour du lit et récupérer son téléphone.

Après un dernier baiser sur le bout du nez de Lisa, Marya quitta la pièce et entreprit de préparer une collation.

Elle composa aussi le numéro de son père et ce dernier l'accueillit chaleureusement au téléphone.

— Marya ! Je suis si content de t'avoir au téléphone. Joyeux Noël.

— Joyeux Noël papa... Qu'est-ce qui t'arrive ? Pourquoi es-tu si joyeux ?

— J'ai gagné gros...

— Pardon ?

La gorge de la chanteuse était devenue sèche. Elle suspendit son geste alors qu'elle commençait à fouetter la pâte à crêpe.

— Très gros ! précisa George très heureux et ne se rendant pas compte des retirances de sa fille.

— Et qu'est-ce que tu vas faire ?

— Déjà, j'ai décidé d'arrêter de jouer. Je vais emmener ta mère en voyage et te rembourser l'argent que je te dois. J'ai payé mes dettes ailleurs... je serai maintenant un homme honnête.

— Papa...

— Je ne veux plus que tu t'inquiètes. Je vais te passer ta mère...

— Pa...

— Ma chérie ! s'exclama joyeusement Lynda Gordon.

— Maman... tu vas bien ? Et qu'est-ce que c'est que cette histoire de gros lot ?

— Ton père est parti jouer à Las Vegas la semaine dernière et il a gagné le gros lot à la machine à sous. J'étais morte de peur, mais contrairement aux autres fois, il a pris l'argent et nous sommes rentrés à la maison. Le lendemain, il a payé toutes ses dettes et notre crédit. Maintenant tu peux garder tout ton argent...

— Mais… comment…

— Je voulais te souhaiter de très bonnes fêtes de Noël. Tout se passe bien pour toi là-bas à New York ?

— Euh… oui, très très bien…

— Tu es sûre ? Cela m'ennuie que tu restes toute seule dans cette si grande ville. Si au moins tu étais avec ton groupe, mais là…

— Je suis avec quelqu'un maman…

— Vraiment ?

— Oui. Elle s'appelle Lisa, chuchota Marya les mains un peu tremblantes.

C'était la toute première fois qu'elle évoquait le nom d'une de ses petites amies. Ce n'était pas une présentation officielle devant les parents, mais le fait d'en parler… changeait considérablement les choses.

— Cela fait longtemps ? s'intéressa sa mère pour sa plus grande surprise.

— Non, c'est tout neuf, mais je l'aime beaucoup.

— Et cette personne t'aime aussi ?

— Oui…

Marya sentit deux bras se nouer autour de sa taille tendrement, et une tête se reposer contre son épaule. Instantanément, son corps se décrispa et un sourire chaleureux se dessina sur les lèvres. Elle avoua à sa mère, tout en parlant pour Lisa qui se laissait aller contre elle.

— Oui, Lisa m'aime très fort et moi aussi… ça a été un coup de foudre, un peu comme pour papa et toi. Elle est très gentille et nous nous entendons comme si… comme si nous nous étions toujours connues.

— Je connais cette impression. Eh bien, je suis soulagée.

— Soulagée ? reprit Marya sans comprendre.

— Enfin, tu penses sérieusement à faire ta vie. Lorsque tu m'as avoué ton homosexualité, j'ai cru que le ciel me tombait sur la tête et j'aurais voulu que tu me présentes une petite amie pour me faire une idée de la personne que tu fréquentais, mais… mais tu as gardé tes distances, me laissant loin de ta vie. Je n'ai rien dit, je me disais que peut-être un jour, tu en parlerais un peu. Me dire que tu sois réellement tombée amoureuse et que tu m'en parles aussi librement…

— Je ne savais pas. Je pensais que tu étais contre, mais que tu t'étais résignée.

— Je ne suis pas pour, mais je ne pense pas que je te ferai changer d'avis. Tu n'en fais qu'à ta tête de toute façon. Alors, je préfère accepter et te savoir en bonne santé et heureuse qu'être en conflit avec toi et nous rendre malheureuses. Tu penseras à nous la présenter un jour ?

— Euh… pas tout de suite, mais… mais j'organiserai un voyage avec elle, sourit Marya heureuse.

Une légère pression autour de sa taille marqua l'approbation de Lisa. Marya était pressée à présent de raccrocher. La bouche de la Française embrassait tendrement le creux de sa nuque pour descendre à son épaule. Un léger fourmillement chatouilla l'estomac de Marya qui terminait sa conversation. Lorsqu'elle se tourna, la chanteuse croisa le regard amoureux de Lisa. Sa main repoussa une de ses mèches folles et Lisa se colla à elle un peu plus, chuchotant d'une voix de velours, sa voix devenant plus grave et son accent français plus prononcé.

— Je me demandais si tu serais toujours aussi jolie au réveil que lorsque tu es apprêtée… eh bien… tu es encore plus belle. Tu as dû en faire des envieuses.

— Je n'ai pas envie que tu le sois, je te trouve moi aussi très jolie.

Lisa rit tout bas et frotta le bout de son nez au sien.

— Je ne te faisais pas un compliment pour que tu m'en retournes un. C'est… c'est juste un constat que je me faisais à moi-même.

— Tu as faim ?

— Je suis affamée…

— Je termine mes crêpes, installe-toi.

— Je vais t'aider, c'est mieux de le faire ensemble.

Marya se pencha en avant et picora la bouche de Lisa qui passa ses bras lentement autour de sa nuque. La proximité de la Française l'affolait et sa douceur nouvelle, bien loin de son attitude défensive précédente l'hypnotisait. En fait, lentement, mais inexorablement elle tombait sous son charme.

Lisa se laissait faire, et cette main qui rampait sur sa taille était agréable. Un sentiment confortable l'envahissait et bien loin de toutes ses peurs des jours précédents, elle se laissait étourdir par ce sentiment de bien-être et de vie quotidienne, sans heurt, partagé. Ces moments de douceurs identiques à cette bouche sensuelle qui parcourait sa nuque.

Abandonnant toute idée de manger, Lisa laissa courir ses mains sur les épaules de Marya pour descendre le long de ses bras. Les baisers de Marya se succédaient et le fait d'entendre la respiration de la blonde se raccourcir, lui fit battre le cœur un peu plus vite. Lisa avait faim de tendresse et de câlins.

Sur son corps, les mains de Marya caressaient sa taille et son dos. Basculant la tête en arrière, Lisa ferma les yeux alors que la chanteuse butinait encore sa nuque. Mais ne voulant plus être passive comme la veille, elle se laissa timidement à explorer le corps de sa compagne du bout des doigts, par-dessus le déshabillé. Les bras étaient minces et les épaules rondes, elle s'y attarda émerveillée par leurs rondeurs. Levant les yeux, Lisa croisa le regard brillant de Marya. Leurs bouches se rencontrèrent à nouveau dans un même élan de passion.

Lisa sentait cette vague de chaleur qui montait en elle, ses doigts se perdirent dans les longs cheveux ébouriffés, s'accrochant à son amie non plus de manière désespérée, mais parce qu'elle se sentait le besoin de la prendre dans ses bras, de l'aimer.

Son cerveau ne fonctionnait plus de manière raisonnée, son cœur apaisé des angoisses qu'elle ressentait la veille, la poussait à vouloir toucher et découvrir le corps qui se serrait contre elle. Maladroitement, peu habitué à toutes ces courbes, mais visiblement les soupirs rauques de Marya à son oreille la rassurèrent quant aux caresses qu'elle lui donnait.

Sa main timide effleurait son sein si généreux où elle sentait se tendre le téton. C'était excitant le pouvoir qu'elle avait sur le corps de sa compagne. Jamais elle n'avait imaginé pouvoir plaire à une femme et encore moins lui donner du plaisir. Contrairement à la veille où elle s'était jetée à l'eau, sans filet et même à la limite du raisonnable, Lisa désirait montrer tout l'amour qu'elle portait en elle. La tendresse la submergea.

Les mains de Marya caressaient ses fesses et visiblement, la chanteuse y prenait beaucoup de plaisir, elle-même frissonna lorsque sa culotte glissa inexorablement sur le sol. Les yeux mordorés l'épiaient, à la recherche de la moindre sensation provoquée par ses attouchements.

Lisa prit le visage de Marya entre ses mains et colla son corps contre celui de sa compagne cherchant sa chaleur, ses lèvres, sa douceur. L'étreinte exercée autour d'elle se raffermit, et elle se retrouva coincée contre le plan de travail.

Elles s'embrassèrent encore et encore, alors que le bassin de Marya exerçait un va-et-vient contre celui de Lisa. Le frottement des deux sexes échauffa les deux femmes qui s'accrochaient à présent l'une à l'autre, leurs visages se frôlant, leurs langues se cherchant pour un combat aérien, pour mieux se prendre.

Marya glissa le long du corps de Lisa qui frissonna alors que les mains de la chanteuse s'attardaient sur sa peau, sa bouche déposant des baisers tendres partout sur son buste et son ventre. Elle tira doucement sur la crinière dorée pour forcer son amante à la regarder, lui arrachant encore un baiser humide.

Se redressant soudainement, Marya chuchota contre l'oreille de sa compagne.

— Assieds-toi sur le plan de travail ma belle…

— Tu es sûre ?

— N'aie pas peur, lui répondit Marya avec tendresse.

Elles échangèrent un long regard, la tension grimpa inexorablement dans la pièce. Leurs respirations étaient courtes, leurs nez se frôlaient, tout comme leurs bouches qui se taquinaient de plus en plus sans vraiment se prendre. Lisa entoura le visage de Marya de ses bras, repoussant ses cheveux, sa bouche dévorant celle de sa compagne.

Sur la pointe des pieds, elle haussa une hanche pour pouvoir prendre appui sur le plan de travail et grimper dessus. Marya l'aida en soulevant son postérieur, en profitant pour se glisser entre ses cuisses. Lisa surplombait la chanteuse qu'elle ne quittait pas des yeux.

La jeune femme caressa les bras s'attardant sur le tatouage en forme de dragon. Après un dernier baiser, Marya reprit son exploration de ce corps qui réagissait à toutes ses caresses. Les jambes qui enlaçaient sa taille la retenant prisonnière, elle se pencha et embrassa une des cuisses douces et souples à ses baisers.

Marya descendit, déposant des baisers le long du muscle long, tonique qui frémissait à ses attouchements. Ses mains remontaient vers la taille fine, pour ensuite empaumer ses fesses, les sculptant avec ses doigts alors que sa bouche s'attardait sur le sexe de sa partenaire d'où des volutes capiteuses émanaient un mélange de cannelle et de santal, l'enivrant plus sûrement que n'importe quel alcool. Sa langue s'attardant sur la vulve, faisant se contracter le corps de sa partenaire.

Lisa tremblait alors que la langue de Marya l'explorait de plus en plus intimement. Elle sentait ses reins chauffés et son corps se contracter. Elle gémit un peu plus fort, amenant un regard de la part de sa partenaire.

Lançant un regard suppliant et voilé à Marya, la Française lui murmura un message inarticulé. Marya se redressa et se glissa voluptueusement entre l'entrejambe accueillant et chaud de Lisa qui enlaça ses épaules la serrant contre elle, sa bouche cueillie la sienne avec ivresse.

Glissant une main entre les fesses de Lisa, Marya introduisit plusieurs doigts à l'intérieur du vagin de sa partenaire qui se cambra. La chanteuse qui observait les pupilles de sa partenaire admira leur dilatation, tout comme elle apprécia de toucher cette cavité douce et largement humide, où ses doigts cherchaient le point G de sa partenaire. La jeune femme embrassa la base de son cou devenu légèrement carmin sous le plaisir.

— Marya... Marya... chuchota Lisa d'une voix de plus en plus présente.

Cette dernière retira ses doigts et approcha d'un geste sec le bassin de sa partenaire, elle l'allongea pour frotter son bassin contre le sien sensuellement, alors que sa bouche se perdait contre la nuque d'où une délicieuse odeur d'épice et de santal captura ses sens, l'envoûtant un peu plus.

Le plaisir monta tel un tourbillon emportant tout sur son passage. Lisa sentit une contraction de tous les muscles de son corps et une explosion jusqu'au plus profond de son être, emporté par un orgasme violent, lui faisant griffer les épaules de sa partenaire.

À bout de souffle, les deux femmes s'observèrent entre les cheveux emmêlés de Marya. Un sourire complice se dessina sur leurs lèvres.

— Les crêpes vont encore attendre un peu, chuchota d'une voix rauque Marya. Viens...

Tendant une main vers Lisa, cette dernière l'empoigna avec confiance. Les deux femmes se dirigèrent vers la chambre s'enroulant sous la couette, n'arrivant toujours pas à éteindre l'incendie qui les consumait toujours. Lisa n'entendit pas son portable sonner longuement... seuls les mots d'amours de sa partenaire comptaient à ses yeux à ce moment-là.

Chapitre 10 : Retour à la réalité.

· ·

Lisa regagnait son appartement d'un pas tranquille, pour la première fois depuis une éternité, sa vie lui semblait formidable… Quelque chose avait irrémédiablement changé, elle esquissa un pas de danse et tournoya sur elle, Lisa chantonna en français « Quand elle me prend dans ses bras, elle me parle tout bas je vois la vie en rose… elle me dit des mots d'amour… des mots de tous les jours, et ça me fait quelque chose… »

S'arrêtant au milieu du trottoir en voyant les

regards suspicieux qui se posaient sur elle, Lisa reprit une démarche plus posée et se fit toute petite jusqu'au retour à son domicile. Une vibration dans sa poche la fit sursauter alors qu'elle entrait dans le hall de son immeuble.

Louchant sur le numéro de sa fille, la Française s'aperçut qu'elle avait tout oublié... même ses enfants ! Comment cela était-il possible ? Rougissant de honte, elle décrocha et tomba sur une Grace très inquiète.

— Maman ?

— Oh ma chérie, je t'avais complètement oublié, pardonne-moi...

— Oublié ? reprit Grace choquée.

— Euh... disons que... enfin, tu vois...

— Tu as passé le réveillon avec quelqu'un ?

— Euh... oui.

Lisa se souvint de la conversation de Marya avec sa mère, et se sentit le devoir d'être honnête avec sa fille, bien que... comment lui dire ?

— Eh bien, tu as l'air accro. Enfin, je préfère comme ça plutôt que de te savoir seule.

— Merci Grace. Tu as passé de bonnes fêtes ?

— Oh ça va. On prépare déjà les valises pour aller dans le New Hampshire.

— Ne boude pas...

— Ce n'est pas drôle. Enfin, ce qui est bien, c'est que l'année prochaine papa sera obligé de nous lâcher pour les fêtes de Noël puisque ce sera avec toi et ton copain. Au fait, tu ne veux toujours pas me dire comment il s'appelle ?

— Marya, répondit Lisa.

La Française poussait la porte de son appartement, et

se dirigeait vers le siège le plus proche pour s'asseoir, ses jambes tremblaient tellement en annonçant la nouvelle que son cœur allait défaillir, et ses jambes l'abandonner.

— Pardon? J'ai mal compris... Y'a de la friture sur la ligne.

— Tu as très bien compris. Ce n'est pas il, mais elle...

— Oh putain!

— Grace! gronda Lisa morte de peur à présent par la réaction qui ne tarderait pas.

— Attends, je m'assoie... wouah... une femme! Eh bien si je m'attendais à ça. C'est quoi son nom?

— Marya Gordon.

— Marya... chuchota Grace qui reprit rapidement d'une voix légèrement abattue. Écoute maman... là, je ne sais pas quoi te dire. En plus, tu dois être morte de trouille te connaissant.

— Grace, chuchota Lisa fatiguée soudainement. Tu sais... j'n'ai pas prévu, je... je ne savais même pas que je pouvais sortir avec une femme.

Grace ne répondit pas immédiatement, comme si elle cherchait ses mots pour pouvoir mieux lui exprimer ses pensées contradictoires.

— Je me doute. Enfin, ce n'est pas comme si j'étais une gamine et ce n'est pas comme si je ne te connaissais pas ou ne partageait pas ta vie. En tout cas, elle est assez forte pour te faire oublier que tu as des enfants.

— Ce n'est pas elle, je veux dire que nous nous amusions et... et... j'ai passé une superbe soirée et...

— Maman, c'est bon, tu n'as pas besoin de te justifier. Je ne sais pas comment prendre la nouvelle. En fait, oui...

j'n'en sais rien. Faut me laisser un peu de temps. Mais…
mais y'a un truc que je sais. C'est que t'es plus toute seule
et que t'es vraiment amoureuse. Jamais personne n'arrive à
nous faire oublier Lenny et moi, quelque part… je me sens
soulagée. Mais… je peux te demander du temps ?

— Oui… oui, répondit Lisa en se recroquevillant sur
la chaise.

— Si, y'a un truc que je voudrais savoir.

— Quoi ? sursauta Lisa devant le ton volontaire de sa
fille.

— Elle est canon ?

La voix de sa fille avait brutalement changé. Grace
paraissait inexplicablement excitée.

— Euh… oui.

— Plus que l'autre pouf qui sert de femme à papa ?

— Grace ! protesta Lisa outrée, en même temps qu'un
léger sourire fleurissait sur ses lèvres.

— Quoi ? Tu aimes les femmes. Tu devrais savoir
appréci…

— Je n'aime que Marya, coupa Lisa. Je me moque des
autres femmes. Il n'y a qu'elle.

Le silence qui suivit laissa à Lisa le temps de reprendre
son souffle et de se rendre compte qu'effectivement, il n'y
avait qu'une seule femme qu'elle aimait et c'était Marya.

— J'aimerais que tu me la présentes… même si ça ne
fait pas longtemps que tu l'as connait. Je veux savoir qui a
réussi à se faire aimer de ma mère, et qui l'aime en retour.
Je crois… je crois que ça me rassurerait.

— Nous en reparlerons lorsque tu reviendras à la maison.

— D'accord. Je… je le dis à Lenny ?

— Passe-moi ton frère !

— OK, attends deux minutes.

Lisa entendit sa fille se déplacer dans la maison, et tendre le cellulaire à son frère qui grogna de mauvaises humeurs apparemment. Lisa entendit un « soit gentil avec maman, elle a un truc super important à t'annoncer... »

Le cœur de Lisa se remit à battre comme un tambour. Pourquoi n'avait-elle pas fait un conseil de famille comme dans les films américains... avec discussion avec tous et tout le tralala ? Pourquoi se fourrait-elle toujours dans des situations pareilles ? Elle soupira.

— Man' ? T'es malade ?

— Non. En fait, je me demande si je ne dois pas te l'annoncer directement à la maison.

— Quoi ?

— Rien, je crois que je vais attendre ton retour à la maison.

— Maman ! cria Grace derrière la voix de son frère.

— Écoute, c'n'...

— Maman sort avec une femme qui s'appelle Marya Gordon ! lâcha Grace avec impatience et visiblement sur des charbons ardents. Dis-lui mam...

Un formidable éclat de rire se fit entendre, suivit par des cris de joie. Lisa observa son téléphone et se demanda si son fils ne venait pas de perdre la raison subitement.

— Lenny ? s'inquiéta sa mère.

— Donne-moi ce téléphone crétin ! hurla sa sœur.

Un bruit de chute et de bagarre se fit entendre, bientôt suivi par des jurons et un préoccupant bruit de verre brisé.

— Lenny ? Grace ? donna de la voix Lisa maintenant

sincèrement anxieuse.

Après quelques secondes, la voix de Grace se fit entendre, essoufflée.

— Ton imbécile de fils est trop content d'avoir plein de femmes chez lui. Il croit qu'il va avoir un harem à ses pieds !

— Pardon ?

— Je crois que ses hormones d'adolescents sont en train de bouillonner. Mais t'inquiètes maman, je me chargerai de le calmer comme il se doit.

— Euh... ne fais pas de mal à ton frère et passe-le-moi.

— Oublie-le, maman, tu le verras à la maison, là il est parti se plaindre à papa que je suis trop violente.

— C'est un peu vrai, marmonna Lisa.

— Tu auras besoin d'une alliée maman, ne l'oublies pas, riposta sa fille tout en ricanant. Je te laisse, voilà papa. Oh le choc ! exulta la jeune fille en raccrochant au nez de sa mère.

Lisa observa son téléphone, hébétée durant quelques secondes avant de recomposer le numéro de sa fille, mais elle tomba sur le répondeur. Laissant un message pour demander à Grace de la rappeler dès que possible, Lisa laissa échapper un long soupir. Finalement, ses enfants étaient au courant plus vite que prévu... et visiblement, ils accepteraient sa relation, bien que sa fille ne sache pas vraiment encore si elle acceptait ou pas !

Son cerveau lui renvoya des images de ses enfants petits et adolescents. Aucun des deux n'avait jamais émis le moindre commentaire sur les homosexuels, en fait aussi bien l'un que l'autre avait des amis gay ou lesbiennes et n'était finalement pas si choqué d'apprendre pour leur mère.

Mais, est-ce que cela serait aussi facile lorsqu'ils verraient ou côtoieraient Marya ? Une nouvelle fois, de nombreuses questions se bousculaient dans sa tête. Comment même sa propre famille le prendrait ? Bon ses enfants avaient toujours été très proches d'elle, beaucoup plus que de leur père. Tandis que ses parents ? Sa sœur ? Ses oncles et ses tantes ? Bon là, c'était un peu moins grave, mais elle imaginait la tête de sa mère si elle devait annoncer ce genre de nouvelles.

Beaucoup d'obstacles allaient se dresser sur leurs routes. Marya de son côté avait éclairci les choses depuis si longtemps. Abandonnant son attitude prostrée, Lisa rangea son petit sac dans la salle de bain et se dirigea vers son canapé pour s'allonger. Remontant le coussin, elle prit appui sur lui et le bras du meuble pour se tenir en partie assise.

D'une main nonchalante, elle alluma la télé, créant un fond sonore artificiel. Elle avait beau tourner la situation dans tous les sens, une seule chose était sûre, c'est qu'elle ne regrettait vraiment pas ce qui s'était déroulé la veille et le jour même. Bien que Marya l'ai presque supplié de rester près d'elle cette nuit encore, Lisa avait ressenti le besoin de se sentir seule. Elle avait beau avoir eu un coup de foudre, les choses devaient aussi savoir se prendre avec un peu de recul.

Marya observait le bas de la rue. Les gens étaient tout petits. Son verre de vin californien à la main, elle fit tourner le breuvage dans son verre pensivement. Lisa s'était échappée... elle n'avait aucun doute sur le fait de la revoir. Les sentiments de la Française étaient si sincères et elle était si franche.

Un manque s'installait déjà. À peine parti que déjà, un sentiment de mélancolie la gagnait. Et pour ne rien arranger, sa petite amie travaillait le lendemain... comme elle en somme, mis à part qu'elle travaillait la nuit. Deux emplois du temps peu compatible si on y regardait bien.

Pour Marya, l'idéal auraient été qu'elles vivent sous le même toit, mais... mais et il était de taille, il y avait les enfants de Lisa. Marya fronça légèrement les sourcils. La Française n'y avait pas songé durant son séjour ici. Était-ce bien ou mal ? Un soupir franchit ses lèvres... pour elle, c'était terrifiant. Même bien plus que sa relation avec Lisa.

Et s'ils ne l'acceptaient pas ? S'ils faisaient tout pour les séparer ? Elle allait être l'effroyable belle-mère. Jamais elle ne s'était attendue à jouer ce rôle. Enfin effroyable... elle était folle de joie à l'idée d'avoir des enfants à s'occuper, même s'ils étaient grands. Jamais elle n'aurait pensé intégrer une famille.

Marya songea aux événements. Tout s'enchaînait rapidement, comme une pièce de mécanique bien huilée. Elle refusait de penser que tout puisse capoter au moindre grain de sable. Son regard erra dans sa chambre, détaillant les meubles sans vraiment les voir. Un sourire se forma sur son visage en se remémorant le visage de sa princesse qui se découvrait dans le miroir. Elle avait été aussi émue, voire plus qu'elle.

Ses yeux tombèrent sur son portable... Marya songea à la confession de sa mère. Se levant de son perchoir, elle attrapa son téléphone. Elle avait besoin d'une confidente brutalement. Le téléphone sonna longuement, jusqu'à ce que la voix de Lynda Gordon réponde.

— Maman ? interrogea Marya.

✷

— Je vous souhaite une bonne journée, Madame.

— Je vous souhaite de passer de bonnes fêtes de Nouvel An.

— Vous de même.

Lisa adressa un sourire rayonnant à sa cliente qui le lui rendit. Après quelques minutes, elle se tourna enfin vers Eva qui la fixait si attentivement qu'elle avait l'impression de passer sous un microscope.

— Quoi ? lança-t-elle enfin excédée.

— Tu es resplendissante. Ta nouvelle vie te convient bien apparemment.

— Cessez de bavarder à la fin ! maugréa Cadence en passant entre elles.

— Il n'y a personne Cadence... alors, c'n'est pas parce que tu te sens exclu que tu vas nous gonfler, répliqua Eva agacée. Bon, revenons à nos moutons...

— Pas question !

Lisa quitta le comptoir pour se diriger vers le salon de thé et vérifia qu'il était propre et bien rangé, bien qu'elle le sache pertinemment. Mais rester près d'Eva la mettait sur les nerfs. Elle n'avait pas envie que cette nouvelle s'ébruite et partit comme c'était parti, un communiqué de presse allait bientôt tomber Au Palais Gourmand.

— Je n'ai absolument pas l'intention de l'annoncer à tout le monde. Je voulais juste avoir la confirmation que tu étais heureuse...

La réplique chuchotée derrière elle crispa Lisa. Se tournant lentement vers son amie, la jeune femme observa le visage soucieux d'Eva. La Française cligna des yeux, ne comprenant pas l'attitude de sa collègue.

— Je t'ai vue si enfermée sur toi-même... j'avais l'impression que tu te repliais au point où tu finirais vieille fille.

— Ne raconte pas...

— Si ! J'étais tellement contente quand tu m'as dit que tu voulais sortir avec moi ce soir-là. Tu refusais systématiquement toute invitation que ce soit moi ou quelqu'un d'autre. Même ton sourire était factice, mais aujourd'hui, je le trouve si vrai !

— Alors, tu as ta réponse...

— C'est difficile d'avouer que l'on est heureuse ?

Lisa cligna une nouvelle fois des yeux.

— Non, non. Je suis très heureuse et entre Marya et moi c'est la chose la plus formidable que je n'ai jamais vécue.

Eva hocha la tête avec un grand sourire. La sonnette de la porte de la boutique interrompit la conversation, et les deux femmes regagnèrent leurs postes. La journée se déroula lentement pour Lisa qui était impatiente de sortir.

Lorsque la boutique ferma, elle discuta cinq petites minutes avec Eva qui soudain eut un sourire et fit un signe à quelqu'un devant elle. Surprise, Lisa se tourna pour voir à qui s'adressait ce signe amical. Le regard mordoré de Marya la couvait de cette lueur chaleureuse qui lui faisait battre le cœur un peu plus vite. Le sourire de la Française devint plus doux.

— Bonsoir Marya, bonsoir Lisa. Je te dis à demain donc...

— À demain !

Elle suivit son amie du regard pendant quelques

secondes pour se tourner enfin vers sa compagne.

— Tu es venue me rejoindre ici ?

— Qu'est-ce que tu veux… j'ai trouvé le temps long et ce soir, je travaille. Tu viens ? J'ai envie qu'on passe un petit moment ensemble. Ça te dirait de manger au restaurant ce soir ?

— Vraiment ?

— Je connais une petite gargote, enfin je ne la connais que de nom, tout le monde m'en parle en bien, mais pour obtenir des places à La Casa de Luna il faut se lever de bonne heure… Je n'ai jamais réussi à obtenir une réservation, mais là j'ai un ami qui ne peut pas s'y rendre, sa femme va accoucher. Enfin, voilà, j'aimerais qu'on découvre cette adresse ensemble…

— Qu'est-ce qu'on attend ? rit aimablement Lisa.

D'un geste naturel, la Française glissa une main autour du coude de son amie, ensemble, elles remontèrent les rues à pied sans se presser. Elles riaient de tout et de n'importe quoi, tout en s'adressant des regards complices, indifférentes lorsque certains regards les suivaient durant quelques secondes.

— Dit ! fit soudain Marya, faisant se lever les sourcils de Lisa. Tu ne voudrais pas vivre à la maison ?

— Euh…

— Tes enfants sont les bienvenus… j'ai plus de places qu'il n'en faut, tu sais !

— Je… il faut que je leur en parle, et puis il faut que vous vous rencontriez aussi. Cette décision pour l'instant, je ne peux pas la prendre seule.

— Très bien, mais réfléchis-y sérieusement. Quelquefois, je pars en tournée alors…

— J'avais compris, sourit Lisa. Oh! Regarde... ça doit être ce restaurant-là !

Marya tourna son visage vers le lieu indiqué et reconnut la façade discrète de l'établissement. Seul un petit panneau citait le nom du restaurant. Quelques personnes entraient à l'intérieur. Un sourire éclaira le visage de la chanteuse.

— Je sens que nous allons passer une bonne soirée...

Observant son amie brusquement remplie de joie, Lisa hocha la tête et d'un bon pas cette fois-ci, elles gagnèrent le restaurant. Oui, la soirée serait encore chaleureuse. Les doigts qui se refermaient autour des siens lui en faisaient la promesse.

Épilogue

· ·

16 Août 2003, fin d'après-midi — New York

Faisant une dernière fois le tour de l'appartement, Marya vérifia que tout était en ordre. Grace passa la tête par la porte de la salle de bain et déclara joyeusement.

— Marya, c'est bon ! Tous les cartons sont sortis. Il n'y a plus rien. Maman m'a informé que Brett et Kevin avaient pratiquement tout vendu au vide-grenier. Elle revient nous filer un coup de main.

— Super ! Je finis de faire le tour et je vous rejoins à mon appartement. Lenny s'en sort avec tous les cartons ?

— Aux dernières nouvelles, il aidait Lester à monter un meuble dans sa chambre. Mais il m'a dit qu'il gérait...

Marya grimaça en entendant ces paroles. Avec le temps, elle avait bien compris combien Lenny pouvait être maladroit, son regard complice croisa celui de Grace, il lui fit saisir tout le chemin qu'elle avait parcouru en sept mois. L'adolescente s'enfuit brusquement, la laissant seule. Oui, que de chemin parcouru entre les premières réticences, les remarques désobligeantes pour la tester... pour enfin trouver il y a peu un terrain d'entente... les boutiques !

Un bruit derrière elle fit sursauter la chanteuse. Grace aurait-elle oublié quelque chose ? Se tournant pour faire face à la jeune fille, Marya se figea. Bloquant la porte de la chambre qu'elle avait parfois partagée avec Lisa, Lucas se tenait là, le regard mauvais pour ne pas changer. Son visage se rembrunit dès qu'elle le reconnut. Elle haïssait cet homme odieux. Comment Lisa avait-elle pu l'aimer un jour ?

— Contente de vous ?

— Pardon ?

Marya fronça les sourcils en entendant la question. Que voulait-il dire ?

— Comment une femme comme vous peut-elle vivre avec mon ex ? Mes enfants ne se tournent même vers moi ! J'avais plus ou moins réussi à faire accepter Emy et voilà que maintenant ma fille n'a plus que votre nom à la bouche... Marya par ci, Marya par là... Qu'est-ce que vous lui avez dit pour qu'elle se soit transformée à ce point ?

— Rien. Nous nous entendons bien... enfin nous nous

comprenons…

— Ne la transformez pas en gouine comme vous ! déclara méchamment Lucas.

— Je ne vois pas en quoi le fait que je m'entende avec votre fille vous indispose. N'êtes-vous pas content que tout se passe bien entre nous ? Que votre fille paraisse heureuse, aussi bien de notre côté que du vôtre ? Figurez-vous que Grace me parle beaucoup d'Emy… et de vous. Je ne l'ai jamais empêché de le faire… Je pense qu'elle a seulement besoin de se créer un équilibre. Que vous le vouliez ou non, pour elle… nous formons une famille, sa famille.

Lucas ouvrit la bouche pour répondre. Il observa la splendide créature s'approcher de lui et son cœur se mit à battre plus fort. Lucas aurait certainement dragué cette beauté fatale, la posséder et la faire jouir, mais cette gouine n'en avait rien à foutre des hommes. Son regard de biche le fixait méprisant. Lui qui pensait que ce genre de femme n'existait que dans les magazines ! Comment sa femme avait-elle réussi à la faire tomber dans ses filets ? À ses côtés, Lisa ressemblait à un mec !

— Je pense que pour le bien de vos enfants, nous devrions faire un tout petit effort. Et… je vous prierai, s'il vous plaît, de ne plus insulter ma compagne comme vous le faites ! Vous êtes certes son ex-mari, mais cela ne vous laisse pas le droit de la mépriser. Elle s'est débattue toute seule, durant de longues années. Je ne vous demande pas de la comprendre et ne vous lance aucune pierre… mais un peu de respect pour la mère de vos enfants serait appréciable.

— Pour qui vous prenez-vous, espèce de…

Marya posa un doigt sur la bouche de Lucas. Son

regard devint voilé par la colère. La chanteuse chuchota menaçante.

— Je ne dispose pas de force physique pour vous coller le poing que j'aurais aimé vous envoyer à la figure… Je ne dispose pas non plus d'une somme d'argent suffisante pour être à votre niveau, mais pensez toujours à une chose… une femme a bien des moyens de vous faire regretter le jour de votre naissance et je suis prête à tout pour protéger Lisa de vous. Tout ! Vous m'entendez bien ? Quitte à ce que vos enfants ne vous parlent plus du tout.

Marya contourna lentement Lucas et se dirigeait vers la sortie. Son cœur battait furieusement et elle ne pensait pas un mot de ce qu'elle disait, mais elle voulait mettre une limite à la méchanceté de ce type. La voix de Lucas ne la fit même pas retourner.

— Espèce de salle garce ! Pour qui vous prenez-vous ? Je vais vous broyer… vous m'entendez ! Vous n'approcherez plus de mes enfants et…

Grace apparut sur le seuil de l'appartement et se figea en entendant les dernières paroles de son père. La colère déforma ses traits. Elle toisa son père, folle de colère.

— Qu'est-ce que tu es encore en train de dire espèce de… de… père indigne ! Déjà, tu insultes maman et maintenant tu t'en prends à Marya ? Mais t'as quoi dans la tête ? T'es qu'un facho sans cœur ! Viens Marya… on rentre à la maison.

— Je dois fermer l'appartement… chuchota Marya.

Lucas qui s'était figé sous le regard haineux de sa fille voulut répliquer, mais il n'avait que des insultes sur le bord des lèvres. Il traversa l'appartement sans rien dire, pour éviter une nouvelle confrontation qu'il sentait à son désavantage. En passant devant Marya, il lut une lueur moqueuse et victorieuse. Si elle avait été un homme… il lui aurait écrasé sa sale tronche contre un mur !

Marya avait les genoux qui tremblaient, la lueur meurtrière dans le regard de Lucas n'était pas fictive. Elle respira un grand coup, avant de fermer la porte derrière lui. Grace remarqua le tremblement de ses mains.

— T'inquiètes, papa ne te fera rien. Comme dirait maman, il aboie, mais ne mord pas. Et puis j'étais là. Il tient trop à moi et à Lenny pour te faire du mal. Il sait qu'on t'aime. Allez viens… on rentre maintenant.

Les deux femmes quittèrent le seuil de leur ancien appartement. Bras dessus-dessous, elles entamaient une nouvelle vie de famille, certes parsemée d'embûches parce que Lucas n'en resterait pas là… mais qu'importait, toutes les familles avaient des parts d'ombre.